5 ghost stories ♠ 5 ghost stories

♦ 5 ghost stories ♠ 5 ghost stories ♣

5 ghost stories ♥ 5 ghost stories

ぞくぞくびっくり箱
あわてんぼオバケ
5つのお話
日本児童文学者協会・編
5 Ghost Stories

ぞくぞくびっくり箱

1

あわてんぼオバケ　5つのお話

もくじ

装幀・装画　あんびるやすこ

ぞくぞくびっくり箱

あわてんぼうおばけの初恋《はつこい》

藤 真知子・作　寺島ゆか・絵

町《まち》はずれのぼろぼろやしきにおばけの一家《いっか》がすんでいます。

すえっこおばけのオッバはとってもあわてんぼう。

木《き》のかげがゆれたのをみて、人間《にんげん》とまちがえて、「うらめしや〜っ！」とおどかしたり。

夜《よる》、町《まち》にでてとりこみわすれたシーツが風《かぜ》にゆれてるのを見《み》て、「おばけさん、こんにちは」とあいさつしたり……。

いえいえ、それどころか！

昼間《ひるま》、オッバがまだねてるとき、町《まち》で子《こ》どもたちがおばさんをよんだりしますよね。

「おばさ〜ん！」

「おっばちゃーん！」

その声《こえ》に、オッバは自分《じぶん》がよばれたのかと思《おも》って、つい、返事《へんじ》をしてしまいます。

「はーい」といって、ねぼけたままとびだすのです。

でも、おばけを昼間《ひるま》見《み》たって人《ひと》はきいたこと、ないでしょう?

そうなのです。おひさまの光《ひかり》のなかではおばけは透明《とうめい》で人間《にんげん》には見《み》えません。声《こえ》もきこえません。おばけ同士《どうし》は見《み》えますけどね。

昼間《ひるま》でも、倉庫《そうこ》や地下室《ちかしつ》のようにおひさまの光《ひかり》がなければ人間《にんげん》にも見《み》えますけどね。

そんなわけで、昼間《ひるま》のオッバは子《こ》どもたちに見《み》えないので、残念《ざんねん》ながらとびだしていって、「うらめしや~」といってもこわがられたこともありません。

かあさんやとうさんおばけやにいさんやねえさんおばけにわらわれているだけです。

ある日《ひ》、一まいの紙《かみ》がぼろぼろやしきにふわりとまいこんできました。

その紙《かみ》を見《み》たとたん！

オッバはぽっと顔《かお》を赤《あか》らめました。

「な、なんてかわいい子《こ》なんだろう……」

オッバはうっとりといいました。

「あれ、あれ、紙《かみ》に恋《こい》してるわ。その紙《かみ》はおばけじゃないわよ」

かあさんおばけがいいました。

「ううん。ちがうわ！　ちゃんと中《なか》を見《み》てるわ」

ねえさんおばけがいうと、オッバはうっとりといいました。

「ぼく、この子《こ》と結婚《けっこん》したいなあ！」

ええっ、なに？

にいさんおばけもねえさんおばけも紙《かみ》をのぞきこみました。

そして、びっくり！

「えーっ！　あきれた！」

「なにをいいだすの！　あきらめなさい」

だって、王《おう》さまからのおふれだったのです。

そこには、なんともうつくしくてかわいいおひめさまの似顔絵《にがおえ》とともに、こう書《か》いてあったのです。

ひめの　結婚相手《けっこんあいて》を　ぼしゅう！

わがひめのむこになり、王国《おうこく》をつぐりっぱな若者《わかもの》をぼしゅうする。
ゆうきとちえとやさしさのあるものは　つぎの満月《まんげつ》の夜《よる》、
おしろにあつまるように

おうさま

かあさんおばけもとうさんおばけも口《くち》をあんぐり。

「おばけがおひめさまと結婚《けっこん》！」

「そんなの無理無理《むりむり》！　きいたことないわ」

「人間《にんげん》はおばけをこわがるんだ。すきになるわけないっ！」

「でも、ぼくがうらめしやっていって、こわがった人《ひと》はいないよお！」

オッバがいうと、にいさんおばけがわらいます。

「おまえはいつも木《き》のかげにむかっていってるからさ。でなきゃ、昼間《ひるま》おばけが見《み》えたり声《こえ》がきこえたりしないときだからさ」

オッバは首《くび》を横《よこ》にふりました。

「いやだ！　ぼく、このおひめさまと結婚《けっこん》するんだ！　かわいいもん。見《み》にいってくるよ」

「おまえみたいなあわてんぼう、すぐに見《み》つかっておばけ退治《たいじ》されちゃうぞ」

「つぎの満月《まんげつ》っていったら、まだ十日《とおか》も先《さき》よ。あわてることないわ」

みんなが心配《しんぱい》するけれど、オッパはいきたいとなったら、がまんできません。

「まどからちょっとのぞくだけだよ。ちょっとだけだよ」

オッパはぷるんとむしゃぶるいすると、ふわふわとお城《しろ》のほうへとんでいきました。


お城《しろ》ははじめてです。

いつもたいまつの火《ひ》がもえていて、町《まち》でいちばん明《あか》るくてにぎやかなところですから、遠《とお》くからでもすぐにわかります。

おひめさまのおへやはすぐわかりました。

だって、バラの花《はな》がいっぱいのかわいいバルコニーがあったからです。

そのバルコニーに、月《つき》の光《ひかり》にてらされて、おひめさまがいました！

絵《え》よりもずっとずっとかわいいのです。

おばけのようにまっ白《しろ》いドレス、ほこりよりもふわふわにカールしたかみのけはオッバの胸《むね》をキュンキュンさせました。

「な、なんて　かわいいんだろう……！」

オッバはぼーっとして見《み》つめました。

おひめさまが侍女《じじょ》にはなしています。

「わたし、男《おとこ》の方《かた》は、色黒《いろぐろ》の方《かた》より、色白《いろじろ》のはだのきれいな方《かた》がすきなのよ」

えっ、ドキン！

オッバは色《いろ》の白《しろ》さもはだのすべすべさも自信《じしん》があります。

というか、おばけはみんなそうですけどね。

おひめさまがつづけます。

「わたしね、マッチョの筋肉《きんにく》だらけの男《おとこ》の人《ひと》は、いやなの。それで、とんだりはねたり、宙返《ちゅうがえ》りが得意《とくい》な人《ひと》がすきなの」

「ええ。わかってます。そういう元気《げんき》でステキな方《かた》が、ひめぎみにぴったり」

侍女《じじょ》のことばに、オッバはドキドキしました。

オッバは空《そら》もとべるし、宙返《ちゅうがえ》りもできます。

ひめぎみの理想《りそう》はオッバにぴったりではないですか！

ぼ、ぼくのことかも！


オッバはうれしくって、くるくる宙返《ちゅうがえ》りしながらとんで家《いえ》にもどりました。

さっそく、みんなに報告《ほうこく》しました。

でも、とうさんおばけがむずかしい顔《かお》をしました。

「王《おう》さまはおばけのことをひめの相手《あいて》には考《かんが》えてないさ」

オッバは口《くち》をとんがらせました。

「でも、おばけじゃだめってかいてなかったよ」

「でもねえ……」

かあさんおばけはなんといってあきらめさせるか考《かんが》えこみましたが、オッバはおひめさまにむちゅうです。


よく日《じつ》も、夜《よる》になると、オッバはお城《しろ》にいきました。

きょうはおひめさまはおへやの中《なか》にいます。

オッバはバルコニーのかげからこっそりのぞきこみました。

おひめさまは手《て》にだいじそうに白《しろ》くてふわふわの、そう、まるで小《ちい》さなおばけみたいなものをもっていました。

ぼくにそっくり……。

オッバはドキドキしました。

ほんとうは、白《しろ》いマシュマロです。

でも、マシュマロを知《し》らないオッバには、おばけにそっくりの人形《にんぎょう》にしか見《み》えません。

「わたし、白《しろ》くてふわふわしてるのだーいすき！　世界一《せかいいち》だいすきよ」

そういうと、おひめさまはマシュマロにキス！

オッバの心臓《しんぞう》はバクンバクンになりました。

こ、こ、恋《こい》の告白《こくはく》かも！

オッバはうれしくなって、とんでかえりました。

だから、おひめさまがぱくんと口《くち》に入《い》れて、むしゃむしゃ食《た》べたのを見《み》てませんでした。

マシュマロみたいにまるくなりながら、家《いえ》にもどってきました。

オッバはうきうき思《おも》います。

ぼく、おひめさまと結婚《けっこん》したら、王子《おうじ》さまだよ。オッバ王子《おうじ》なんだ。

オッバはさっそくみんなにいいました。

「ぼくが王子《おうじ》さまになったら、おばけをこわがっちゃいけないっていうきまりをつくるよ。ぼくとおひめさまって、おにあいだよね」

オッバはうれしくってわくわくします。

「おひめさまはオッバを見《み》たことあるの？」

かあさんおばけは心配《しんぱい》でたまりません。

「まだないよ」

「人間《にんげん》だもの。おひめさまはオッバを見《み》たら、『きゃあっ！』ってさけんでこわがるわ」

「ほんとに？」

オッバはびっくり。

「ああ。残念《ざんねん》ながらね。人間《にんげん》はおばけを見《み》ると『きゃあ!』っていうんだ」

とうさんおばけもうなずきました。

「ぼくって、かわいいいんじゃないの?」

泣《な》きそうになってきくと、かあさんおばけはオッバをだきしめていいました。

「かわいいわよ。かあさんやとうさんはオッバがかわいくってたまらないわ。どのおばけが見《み》たってオッバはとってもかわいいわよ。でもね、人間《にんげん》はそう思《おも》わないのよ」


よく日《じつ》さすがにオッバはしょぼん。

お城《しろ》にもいかずにぼろぼろやしきにいました。

「きゃあ!」

「きゃあ！」

遠《とお》くのほうから女《おんな》の子《こ》たちのさけび声《ごえ》がひびきました。

どうしたんだろう？

おばけがいてこわがってるのかなあ……。

オッパは、おそるおそる見《み》にいきました。

すると、町《まち》のひろばでアクロバットダンスをしています。

とんだりはねたりのかっこいいダンス。

女《おんな》の子《こ》たちはうれしそうにさけんでます。

「きゃあ、すてき！」

「きゃああ！　かっこいい！」

オッパは、ドキドキしました。

「きゃあ！」っていうのは、こわいからじゃないんだ！

ママやパパはまちがってるんだよ。人間《にんげん》の女《おんな》の子《こ》はステキやカッコイイときにきゃあきゃあいうんだ。おひめさまがもしオッバを見《み》て「きゃあ」っていったらステキだからなんだ！

おひめさまに、あおう！

オッバは胸《むね》がはりさけんほどうれしくてたまらなくなりました。

おひめさまに「きゃあ」「きゃあ、ステキ！」っていわれたら……えへっ、ワクワク！

オッバはニタニタしながら、お城《しろ》へふわふわ。

裏門《うらもん》のところにきたときです。

「ひめを……」

ひそひそとはなす声《こえ》がきこえました。

黒《くろ》ずくめの男《おとこ》の人《ひと》たちが荷馬車《にばしゃ》を止《と》めて、ひそひそはなしていたのです。

この人《ひと》たちもおひめさまと結婚《けっこん》したいライバルかもしれません。

オッバは木《き》の上《うえ》で耳《みみ》をすませました。

「ひめをゆうかいしてかくれがにつれていく。そして、身代金《みのしろきん》をがっぽりもらうのさ」

「さすがギャングの親分《おやぶん》さま！」

オッバはびっくりぎょうてん。

「ひっ！」

思《おも》わず大声《おおごえ》でさけんでしまいました。

「だれだ？」

男《おとこ》たちはすばやくあたりを見《み》まわしました。

「王《おう》さまのけらいがいるのか！」

男《おとこ》たちは、刀《かたな》に手《て》をかけました。

ううーっ、たいへん！

あわてて、オッパは鳥《とり》の鳴《な》き声《ごえ》をしてごまかしました。

「ホーホケキョ、ホーホケキョ」

うぐいすの鳴《な》き声《ごえ》そっくりです。

それなのに、ギャングたちがうたぐりぶかそうにいいました。

「なんで、うぐいすが夜《よる》に鳴《な》くんだ？」

「あやしいぞ」

「木《き》にのぼってたしかめよう」

うわあ、たいへん！

まちがえた！

フクロウの声《こえ》かネコの声《こえ》をいわなきゃいけなかった！

でも、ギャングの親分《おやぶん》がいいました。

「バカな鳥《とり》のことより、ほら、ゆうかいしたやつらがもどってくるぜ。ひめとへやのお宝《たから》をふくろにつめてな」

んんっ！

バカな鳥《とり》って、なんだよ！

そう思《おも》ったけど、おひめさまのおへやのほうを見《み》ると、たいへんです！

おひめさまのへやのバルコニーにはしごがかけられ、ギャングのなかまが大《おお》きなふくろをいくつもはこびだしてます。

そして、荷馬車《にばしゃ》にのせて、そっと出発《しゅっぱつ》。

まわりをギャングのなかまの馬《うま》でかこんでます。

オッパは荷馬車《にばしゃ》の中《なか》にとびこみました。

おひめさまはどのふくろでしょう？

もごもごとうごいてるふくろがあります。
きっとおひめさまが苦《くる》しいのです！
オッバはふくろにちかづくと、小《ちい》さい声《こえ》でいいました。
「がんばってください。あとで助《たす》けますから」
そういって、オッバはふくろをなでました。
なにしろおばけはか弱《よわ》くて力《ちから》がないので、ふくろのひもをとくことができません。
でも、オッバの声《こえ》に、ふくろの中《なか》がほっとしたようにしずかになりました。
荷馬車《にばしゃ》はガタガタしながら、裏門《うらもん》をでて、夜道《よみち》を走《はし》りました。
ああ、いったいどこまでいくんでしょう！
おひめさまは、きっとこわくてたまらないはずです。
馬車《ばしゃ》はさびしい道《みち》をえらんで走《はし》ります。人《ひと》の家《いえ》もなく、すれちがう馬車《ばしゃ》も人《ひと》もいません。

オッバはいっしょうけんめいはげましまします。

「きっと助《たす》けますよ。がんばってくださいー」

そういって、小《ちい》さな声《こえ》で歌《うた》をうたったり、ウグイスの鳴《な》きまねをしてなぐさめました。

馬車《ばしゃ》は月明《つきあ》かりの中《なか》、山《やま》をこえて大《おお》きな岩山《いわやま》の前《まえ》でとつぜん止《と》まりました。

すると、ギャングが岩《いわ》の壁《かべ》にむかってさけびました。

「ひらけえ！　かべ！」

ごおおおおぉぉぉぉぉ！

大《おお》きな音《おと》がひびき、岩《いわ》の壁《かべ》がうごきました。

その中《なか》にぽっかりと大《おお》きなどうくつがあらわれました。

「おろせ！」

ギャングの親分《おやぶん》の命令《めいれい》に、手下《てした》たちがふくろをおろすと外《そと》にでました。

「とじろ！　かべ！」

親分《おやぶん》がさけびました。

ごおおおおぉぉぉぉぉ！

壁《かべ》が大《おお》きな音《おと》をたててしまったときです。

「ひめぎみを返《かえ》せ！」

りんとした声《こえ》がひびきました。

オッパは壁《かべ》のしまったどうくつの中《なか》で、小《ちい》さなすきまから外《そと》をのぞきます。

馬《うま》にのってたいまつの明《あ》かりをもった王子《おうじ》さまが馬《うま》からとびおりました。

まあ、なんてかっこいい王子《おうじ》さまでしょう！　色白《いろじろ》で、はだがきれいです。

「身代金《みのしろきん》がなきゃ、返《かえ》さないぞ！」

ギャングがいうと、王子《おうじ》さまがききます。

「ひめはどこだ？　その岩山《いわやま》の中《なか》か？」

王子《おうじ》さまは岩山《いわやま》のとびらをあけようとしましたが、あきません。

「この岩《いわ》のとびらをあけろ！」

王子《おうじ》さまが剣《けん》をぬいてさけぶと、ギャングたちはわらいます。

「おれたちをきずつけたりしてみろ！　岩山《いわやま》のどうくつをあけるあいことばを教《おし》えないぞ。そうすれば、ひめは一生《いっしょう》この岩山《いわやま》のどうくつからでられないままだぞ。さあ、剣《けん》をおいて身代金《みのしろきん》をとりにいけ！」

王子《おうじ》さまは剣《けん》をおろしました。

「わかった。身代金《みのしろきん》をもってくるから、それまでひめになにかしたら、しょうちしないぞ」

「ははは。それはどうかな。はやく身代金《みのしろきん》をもってこないと、ひめはわしと結婚式《けっこんしき》をあげるのだ。たんまりもってくれば、とびらをあけるひみつのことばをおしえてやる」

なんてひきょうなギャングでしょう。

でも！　ひみつのことば！

オッバは知《し》ってます！

はやくどうくつをあけて助《たす》けなくっちゃ！

オッバがさけびました。

「ひらけ！　かべ！」

そのとたん！

岩《いわ》の壁《かべ》がうごきはじめました。

ごおおおおぉぉぉぉ！

「わっ、わっ！　なんでうごくんだ！」

「ひめはさるぐつわをはめて声《こえ》をだせないのに！　だれがいってるんだ！」

ギャングたちは大《おお》あわて。

「とじろ！　かべ！」

あわてていいました。

「ひらけ！　かべ！」

オッバもあわてていいます。

「とじろ！　かべ！」

あわててギャングたちがいいました。

でも、もう王子《おうじ》さまにもひみつのことばがわかりました。

「そこをどけ！　ひめ、助《たす》けにきました！」

王子《おうじ》さまは剣《けん》をぬくと、とんだりはねたり、かっこよくたたかってギャングをみんなしばりあげました。

そして、大声《おおごえ》でいいました。

「ひらけ！　かべ！」

こんどは岩《いわ》の壁《かべ》は大《おお》きく大《おお》きくひらきました。

「ひみつのことばを教《おし》えてくれたのはだれだ？」

王子《おうじ》さまがさけびました。

「ぼくだよ。はやくふくろをあけて！」

オッバがいおうとしたときです。

朝日《あさひ》がすうっとどうくつにさしこみました。

もう夜明《よあ》けになっていたのです。

オッバのすがたも声《こえ》も人間《にんげん》に見《み》えたりきこえたりしなくなりました。

王子《おうじ》さまが一ばん大《おお》きなふくろをあけると、さるぐつわのおひめさまがでてきました。

「あれ！」

オッバはびっくりしました。

なぐさめていたふくろじゃないのです。

じゃあ、あの袋《ふくろ》にはだれが？

「あっ！」

なぐさめていた袋《ふくろ》があいて、オッバはびっくり。

宝物《たからもの》と一緒《いっしょ》にでてきたのはかわいいおばけの女《おんな》の子《こ》！

「ありがとう。ずっとそばにいてくれて」

おばけの女《おんな》の子《こ》がいいました。

「なんでこんな中《なか》に？」

「わたし、おてんばおばけのテンテン。おひめさまの生活《せいかつ》を見《み》たくて、しのびこんだら宝物《たからもの》と一緒《いっしょ》に袋《ふくろ》につめこまれてゆうかいされちゃったの」

「ええっ！　でも、人間《にんげん》のおひめさまより、もっとかわいい！」

オッバがほほを赤《あか》らめていいました。

テンテンもぽっと赤《あか》くなりました。

だからオッバは知《し》りませんでした。おひめさまのおむこさんは、前《まえ》の満月《まんげつ》のときにあの王子《おうじ》さまに決《き》まってたことを。あのチラシは古《ふる》いものだったのです。

でも、いいですよね。

だって、オッバは幸《しあわ》せなんですもの。テンテンと一緒《いっしょ》にうす暗《ぐら》い道《みち》を楽《たの》しそうにぼろぼろやしきにふわふわとんでいきました。

あわてんぼうでラッキーだったみたい。

ぞくぞくびっくり箱

お鈴《すず》とまめ地蔵《じぞう》

河野睦美・作　後藤あゆみ・絵

むかし……、京《きょう》の三条大橋《さんじょうおおはし》のたもとに『橋本屋《はしもとや》』という、まめ屋《や》がありました。

そこに、お鈴《すず》という娘《むすめ》がはたらいています。

年《とし》のころはもうすぐ十五。

「おいでやす〜！」

小柄《こがら》で丸顔《まるがお》。くるりとした目《め》で、元気《げんき》にあいさつをします。

ところが、そそっかしいのが、たまにきず。

一昨日《おととい》、店《みせ》の前《まえ》に水《みず》まきをしたときには、いきおいあまって、ひしゃくを道《みち》のむこうまでスポーンと、とばしてしまいました。

昨日《きのう》は、お鈴《すず》がわたしたおつりを数《かぞ》えて、

「おやおや、お鈴《すず》ちゃん、つり銭《せん》が多《おお》すぎるで……」

お客《きゃく》さんが、お金《かね》を返《かえ》してくれました。

今日《きょう》は、お鈴《すず》が袋《ふくろ》からまめをこぼしてばかりいたので、

「わはは、お鈴《すず》ちゃん、ちっとも袋《ふくろ》の中《なか》にまめがはいっとらんよ。どーれ、わたしが袋《ふくろ》をもっておこうか……」

お客《きゃく》さんが、手伝《てつだ》ってくれました。

いっしょうけんめい店番《みせばん》をしているつもりなのに、わらわれてばかりです。

それでも中《なか》には、

「お鈴《すず》ちゃん、そろそろ、ええ嫁《よめ》いり先《さき》をさがしてあげよか？」

などと、いってくれるお客《きゃく》さんもいます。

そんなとき、お鈴《すず》はポッと顔《かお》を赤《あか》らめますが、

「いやいや、お鈴《すず》みたいなあわて者《もの》、よそにはやれまへん。奉公《ほうこう》できる店《みせ》かて、うちの他《ほか》にはありゃあしませんでしょう……」

橋本屋《はしもとや》の主人《しゅじん》、仙太郎《せんたろう》は、わらいながら手《て》をひらひらと横《よこ》にふり、ことわって

しまうのでした。

そうやろか？

「そりゃあ、たまたま、お代《だい》をまちがえたり、たまたま、まめをこぼしたり、そんなこともあるけれど……」

うちは、ぜったいに、あわて者《もの》やない！

お鈴《すず》は自分《じぶん》のことを、しっかり者《もの》だと思《おも》っていました。


さて仙太郎《せんたろう》には、まめ太郎《たろう》という息子《むすこ》がいます。

「橋《はし》のたもとにあるから、橋本屋《はしもとや》。まめ屋《や》のせがれだから、まめ太郎《たろう》。あたりまえすぎて洒落《しゃれ》にもならへん。つまらん！」

七つになったまめ太郎《たろう》は、このごろ大人《おとな》びた口《くち》をきくようになりました。

「まあ、ぼっちゃん、そんなことをいうては、あきませんよ」

夕方《ゆうがた》、店《みせ》じまいをしていたお鈴《すず》がたしなめると、

「お鈴《すず》は、ほんまにうるさいなあ。かなわん。はよう、嫁《よめ》にでもいったらええんや！」

まめ太郎《たろう》は口《くち》をとがらせました。

まめ太郎《たろう》とお鈴《すず》のやりとりが、きこえているのかいないのか……、仙太郎《せんたろう》は、先《さき》ほどからおくの座敷《ざしき》で、親指《おやゆび》ほどの小《ちい》さな地蔵《じぞう》を、熱心《ねっしん》におがんでいます。

「今日《きょう》も、商《あきな》いがうまくいったのは、まめ地蔵《じぞう》さまのおかげや。あー、ありがたや、ありがたや……」

仙太郎《せんたろう》は、もとは丹波《たんば》の山《やま》おくにすんでいました。まめ袋《ぶくろ》を背中《せなか》にしょって、都《みやこ》にやってきたのは十年前《ねんまえ》です。

まめ太郎《たろう》が生《う》まれ、やっと店《みせ》をひらいた矢先《やさき》、まめ太郎《たろう》の母親《ははおや》は亡《な》くなりま

した。

生《い》きる元気《げんき》もなくなり、かも川《がわ》に身《み》をなげようかと思《おも》っていたとき、ながれてきたのが、この、小《ち》さな木彫《きぼ》りの地蔵《じぞう》だったというのです。仙太郎《せんたろう》は、思《おも》わずそれをひろいあげました。

「やさしいお顔《かお》ですやろ？　この地蔵《じぞう》さまのおかげでしょうか……、まめ太《た》郎《ろう》は、田舎《いなか》からよびよせたお鈴《すず》によくなつきましてなぁ。わたしは、甘《あま》いころもをつけたまめ菓子《がし》をつくって売《う》ることを思《おも》いつき、商売《しょうばい》はうまいことといったんどす」

仙太郎《せんたろう》は、しばしば店《みせ》の客《きゃく》にこの話《はなし》をします。

それもこれも、お鈴《すず》が、姉《あね》がわりにまめ太郎《たろう》のめんどうを見《み》て、そのあいまに台所《だいどころ》や店《みせ》の仕事《しごと》までやっているおかげだと……、そんなことをいってくれるのではと、お鈴《すず》はきき耳《みみ》をたててしまうこともあります。

でも仙太郎《せんたろう》の苦労話《くろうばなし》に、お鈴《すず》へのほめことばは、ありませんでした。

「しょうがない。だんなさんには、死《し》んだおかみさんとぼっちゃん、それに地《じ》蔵《ぞう》さましか見《み》えてへんもの……」

お鈴《すず》はちょっぴりさびしくなり、ため息《いき》をついてしまうのでした。

「ありがたや、ありがたや……」

仙太郎《せんたろう》は、いつまでも、仏壇《ぶつだん》の前《まえ》で手《て》をあわせています。

「あのー、だんなさん」

お鈴《すず》は、思《おも》いきって仙太郎《せんたろう》の背中《せなか》に声《こえ》をかけてみました。

「うち、今夜《こんや》、祭《まつ》り見物《けんぶつ》にいったらあきませんか?」

おりしも今夜《こんや》は、祇園祭《ぎおんまつ》りの宵山《よいやま》です。

お鈴《すず》が京《きょう》の都《みやこ》にきてから、六年《ねん》。

去年《きょねん》までは、祭《まつ》りの夜《よる》も店《みせ》をあけていましたから、祭《まつ》り見物《けんぶつ》はしたことがありません。

お鈴《すず》は、とっさに、仙太郎《せんたろう》の背中《せなか》ごしに見《み》えたまめ地蔵《じぞう》さまに、心《こころ》の中《なか》で願《ねが》いました。

『……どうぞ、うちを、祭《まつ》り見物《けんぶつ》にいかせてください！』

ところが、仙太郎《せんたろう》の返事《へんじ》はつれないものでした。

「なんやて？　お鈴《すず》、気《き》もちはようわかる。けど、わたしとまめ太郎《たろう》は、今夜《こんや》、油小路《あぶらこうじ》のやまと屋《や》さんによばれてるのや。なんとか、留守《るす》をしっかりたのむよ。あまり遅《おそ》うならんように、帰《かえ》ってくるから……」

「ほんまは、お鈴《すず》ひとりおいておくのは、心配《しんぱい》やけどな！」

まめ太郎《たろう》が、また、よぶんなことをいったので、お鈴《すず》は思《おも》わずいいかえしました。

「留守番《るすばん》くらい、うちひとりかて、できます！　ぼっちゃんこそ、人《ひと》ごみで迷《まい》子《ご》にならんよう気《き》いつけてくださいよ」

仙太郎《せんたろう》とまめ太郎《たろう》は、よそいきの着物《きもの》に着《き》がえて、でかけていきました。

外《そと》は、祭《まつ》りにくりだした人《ひと》でにぎわっているというのに、通《とお》りに面《めん》した店《みせ》の戸《と》をしめてしまうと、家《いえ》の中《なか》はシンとしずまりかえっています。

まだ、あんどんの火《ひ》をつけるほどではありませんが、夕闇《ゆうやみ》がだんだん深《ふか》くなっていきました。

店《みせ》の奉公人《ほうこうにん》も、きょうは住《す》みこみのお鈴《すず》以外《いがい》は、はやばやと家《いえ》にもどりました。みな、家族《かぞく》とつれだって、祭《まつ》り見物《けんぶつ》にでかけているころでしょう。

ふと、お鈴《すず》も田舎《いなか》の家族《かぞく》のことを思《おも》いだしました。

小《ちい》さかった妹《いもうと》や弟《おとうと》たちは、どうしているでしょうか？

お鈴《すず》の目《め》から、ぽろりと涙《なみだ》がこぼれました。

「なにが地蔵《じぞう》さまや！　いくらお願《ねが》いしても、うちの頼《たの》みなんかきいてくれへん……」

お鈴《すず》は、思《おも》わずおくの座敷《ざしき》にかけこむと、まめ地蔵《じぞう》をつかみあげ、ポーンと、庭《にわ》に放《ほう》りなげました。

小《ちい》さな地蔵《じぞう》は、かるがると宙《ちゅう》をとび、松《まつ》の木《き》の幹《みき》にコツンッとぶつかったかと思《おも》うと、フイに消《き》えました。

「し、しもた！　うち、なんてこと、したんやろ！」

お鈴《すず》は、あわてて、はだしで庭《にわ》にとびだすと、なげすてたまめ地蔵《じぞう》をさがしました。

ところが、うす暗《ぐら》い闇《やみ》にまぎれた小《ちい》さな地蔵《じぞう》さまは、どこにも見《み》あたりません。つわぶきの葉《は》をかきわけ、石《いし》どうろうのかげに目《め》をこらし……、地《じ》べた

をはって、松《まつ》の木《き》の根《ね》もとをさぐりました。

でも、とうとう地蔵《じぞう》さまは、でてきませんでした。

「あぁ、どないしよう……。橋本屋《はしもとや》の大切《たいせつ》な守《まも》り地蔵《じぞう》なのに。だんなさんが、知《し》ったら、ゆるしてくれるわけがない……」

お鈴《すず》は裏木戸《うらきど》をあけ、とぼとぼと外《そと》にでました。

通《とお》りの人《ひと》だかりをぬけ、三条大橋《さんじょうおおはし》の下《した》の土手《どて》をすべりおり、かも川《がわ》べりをふらふらと歩《ある》いていきました。

かも川《がわ》の河原《かわら》は、その昔《むかし》、死体《したい》の捨《す》て場《ば》だったときいています。今《いま》も、その死者《ししゃ》たちの魂《たましい》が、さまよっていることでしょう。

その魂《たましい》にひかれて、お鈴《すず》もドボーンと、川《かわ》にとびこんでしまえばいいのです。

「そうすれば、だんなさんにおこられることもない……」

お鈴《すず》は、目《め》をとじて、一歩《ぽ》ふみだそうとしました。

「あ～、けど、あかんっ！　うち、まだまだやりたいことがあるもの。死《し》んだりできひん！　いつかはお江戸《えど》にいきたいし、日本一《にほんいち》の富士《ふじ》の山《やま》かて見《み》てみたい！」

そう思《おも》いなおして、目《め》をあけたとたん。

ズズズズッ……。

あゎわゎわゎわゎわ……。

ドッボ――ン！

お鈴《すず》は、川《かわ》にすべりおちてしまいました。

「あれっ？」

お鈴《すず》は、気《き》がつくと橋《はし》の上《うえ》にたって、水《みず》のながれを見《み》ていました。

「うちは、さっきたしかに、かも川《がわ》に落《お》ちて……おぼれて、ずぶぬれに……」

えっ？

川《かわ》に落《お》ちたはずなのに、着物《きもの》がかわいてる！

す、すると……、うち、もしかして死《し》んでしもたん？

今《いま》の、うちは、ゆうれい？

「そうや、そうにちがいない！」

だって、こんなに人《ひと》がいるのに、だあれも、うちのほうを見《み》てない。

うちのすがたが、見《み》えへんのや。

「足《あし》！　うちの足《あし》！」

ほうらね、やっぱり足《あし》がないわ……。

「あ〜、うちの体《からだ》は、このかも川《がわ》のながれにながされてどこへやら……」

けど、心残《こころのこ》りがあるから、ゆうれいになってしもて、まだ地上《ちじょう》をさまよってるんや。

「そう、心残《こころのこ》り！　まだ、祇園《ぎおん》さんの祭《まつ》りさえ、いちども見《み》てないもの。今夜《こんや》ひと晩《ばん》、祭《まつ》りを楽《たの》しんで、それからあの世《よ》へいけばええ！」

ゆうれいになったお鈴《すず》は、すっかりひらきなおり、祭《まつ》り見物《けんぶつ》にでかけることにしました。

先斗町《ぽんとちょう》の細《ほそ》い路地《ろじ》をぬけ、四条通《しじょうどお》りへでると、たいへんなにぎわいです。

でも、ゆうれいのお鈴《すず》は、だれにこづかれることもありません。

「東《ひがし》へむかえば、八坂神社《やさかじんじゃ》から清水《きよみず》のお寺《てら》さんへ。西《にし》は烏丸通《からすまどお》り……」

どちらへいこうか迷《まよ》っていると、ふいにだれかがお鈴《すず》の着物《きもの》の袖《そで》をひっぱりました。

「ひゃっ！」

お鈴《すず》は、おどろいてひっくりかえりました。

見《み》れば五つくらいの男《おとこ》の子《こ》が、にっこり、ほほえんでいます。きれいな顔《かお》だちなのですが、たいそう古《ふる》びた着物《きもの》を着《き》ていました。

この顔《かお》、どこかで会《あ》ったことがあるような気《き》もするのですが……。

「あれあれ、どこでくっついたんか、着物《きもの》の袖《そで》に松葉《まつば》がささってるやないの。これやったら、チクチクするわねえ」

お鈴《すず》は、おきあがって、松葉《まつば》をていねいにぬいてやりました。

あれっ！　うちが、見《み》えるってことは、もしかしたら、この子《こ》もゆうれい？

そう。そうにちがいないっ……。

「あんたも、なにか心残《こころのこ》りがあるんやね。おうちにかえりたいん？」

男《おとこ》の子《こ》は、大《おお》きくうなずきました。

「やっぱり、うちの思《おも》ったとおりや。ゆうれいは、ゆうれいどうし、なかよくしようねえ。ねぇ、どっちからきたのか、おぼえてる？」

うれしいことに、男《おとこ》の子《こ》は、コンコンチキチン、コンコンチキチン……と、祭《まつ》りばやしがきこえるほうを指《ゆび》さしました。

「あっち？　そう、あっちあっち。あっちへいこうねえ！」

お鈴《すず》と男《おとこ》の子《こ》は、人《ひと》ごみをすりぬけて歩《ある》いていきました。

たくさんのちょうちんがともされ、大《おお》きな山《やま》ぼこが暗闇《くらやみ》にうかびあがっています。

木《き》でできた車輪《しゃりん》だけでも、お鈴《すず》の背丈《せたけ》はあろうかというほどの山車《だし》です。

その上《うえ》には、そろいの着物《きもの》を着《き》た男衆《おとこしゅう》が二十人《にん》ほども乗《の》っており、絶《た》え間《ま》なく横笛《よこぶえ》をふき、悲《かな》しげなカネをたたき、たいこで拍子《ひょうし》をとっています。

コンコン　チキチン、コンコン　チキチン……

コンコン　チキチン、コンコン　チキチン……

さびしいような楽《たの》しいようなふしぎなひびきが、夜《よる》の闇《やみ》をながれていきます。

「ねえ、なにか食《た》べよか？」

ゆうれいになっても、おなかがすくなんてふしぎです。

まんじゅうを売《う》っている店《みせ》に、たくさんの客《きゃく》が行列《ぎょうれつ》していました。

「ひとついただき！」

お鈴《すず》は、まんじゅうを買《か》ったばかりの客《きゃく》の袋《ふくろ》に、ひょいと手《て》をつっこみました。客《きゃく》は、お鈴《すず》の手《て》をはらいのける様子《ようす》もなく、自分《じぶん》もまんじゅうをひとつ、口《くち》にほおばりました。

「ほうら、うまいことといった！」

お鈴《すず》は、まんじゅうをふたつに割《わ》り、男《おとこ》の子《こ》とわけあおうとしました。ところが、男《おとこ》の子《こ》は、かぶりをふりました。

「そう、あんたは、おなかがすいてないのね……。ねぇ、名前《なまえ》は？　名前《なまえ》は、なんていうん？」

男《おとこ》の子《こ》は人《ひと》ごみをぬけ、通《とお》りのまん中《なか》で、くるりとお鈴《すず》のほうをふりかえりました。

「あっ、だれや思《おも》ったら、まめ太郎《たろう》ぼっちゃんの小《ちい》さいときに、似《に》てるんかしら？」

お鈴《すず》は、そうつぶやいたあとで、すぐに自分《じぶん》の考《かんが》えをうちけしました。

「ちがう！　生《い》きてる者《もの》がゆうれいになるわけないもの、あの子《こ》はちがう子《こ》や……」

でも、名前《なまえ》がないことには、よぶにも不便《ふべん》でなりません。

「これ、まめぼん、まめぼーん！」

お鈴《すず》は、思《おも》わず、まめ太郎《たろう》が小《ちい》さかったころのように、男《おとこ》の子《こ》をよびました。

すると……、いつもお鈴《すず》の袖《そで》をひっぱっていたまめ太郎《たろう》のことが思《おも》いだされました。

「なぁ、お鈴《すず》。おっかさんが死《し》んだんは、清水《きよみず》さんの三年坂《さんねんざか》で、おいらをおんぶしたままころんだからやて、ほんまか？」

だれが心《こころ》ないうわさ話《ばなし》をしたものか……、まめ太郎《たろう》は、泣《な》きながらなんども問《と》いただしたものでした。

「いいえ、いいえ。おかみさんは、はやり病《やまい》にかかり、お医者様《いしゃさま》の手当《てあて》のかいもなく、亡《な》くなったときいてますよ。まめぼんのせいなんかやありません！」

お鈴《すず》は、まめ太郎《たろう》をだきしめました。

でも、考《かんが》えてみれば、それについては、思《おも》いあたることがあります。

店《みせ》の者《もの》を、清水《きよみず》のお寺《てら》さん近《ちか》くの吉田屋《よしだや》に使《つか》いにだすとき、主人《しゅじん》の仙太郎《せんたろう》は、三年坂《さんねんざか》ではなく五条坂《ごじょうざか》を通《とお》っていくようにと、かならず念《ねん》を押《お》すのです。

何年《なんねん》か前《まえ》に、奉公人《ほうこうにん》のひとりがこんなことをいいました。

「だいじょうぶです、だんなさま。わたしは、三年坂《さんねんざか》を通《とお》るときは、ひょうたんをもってでかけます。万《まん》が一《いち》、ころんで魂《たましい》がとびだしても、このひょうたんがすいこんでくれますよって、すぐにひょうたんの魂《たましい》をのみこめばもと通《どお》り。三年《ねん》たたぬうちに死《し》ぬことなど、ぜったいございません。そう、いいまっしゃろ？」

それをきいた仙太郎《せんたろう》は、

「ひょうたんなど、あてになるかいな！」

と怒《おこ》り、その奉公人《ほうこうにん》を店《みせ》から追《お》いだしてしまったのでした。

「まめぼん。まめぼーん！」

お鈴《すず》は、男《おとこ》の子《こ》を追《お》いかけました。

やっと追《お》いつくと、その子《こ》は、道《みち》をいそぐだれかを指《ゆび》さしました。

「あれっ？」

横顔《よこがお》しか見《み》えませんが、たしか……。

「あれは、やまと屋《や》さんの奉公人《ほうこうにん》、伊之助《いのすけ》さん？」

きりりとした後《うし》ろすがたに、お鈴《すず》は、思《おも》わず顔《かお》を赤《あか》らめました。

年《とし》は、お鈴《すず》よりひとつ年上《としうえ》の十六。

十日《か》に一度《ど》は橋本屋《はしもとや》に使《つか》いにやってきます。

「あぁ、しもた！　死《し》ぬ前《まえ》にもうひと目《め》、伊之助《いのすけ》さんにあっとくんやったわぁ……」

死《し》んだはずなのに、なにやら胸《むね》の音《おと》がトクトクと、大《おお》きく鳴《な》りはじめました。

「けど、もうどうしようもない。今《いま》のうちは、ゆうれいやもの。思《おも》いをつたえることもできひん！　ううん、こんなすがたのうちが、伊之助《いのすけ》さんの前《まえ》にあらわれたら、伊之助《いのすけ》さんが、びっくりして死《し》んでしまうかもしれへん。そんなの、だめや……」

それにしても、いったい、どこへいくんやろう？

お鈴《すず》は、思《おも》わず男《おとこ》の子《こ》をだきあげ、こんどは、伊之助《いのすけ》のあとを追《お》いかけました。

「ごめんねえ。あんたのおうち、あとで、ちゃんとさがしてあげるからね」

男《おとこ》の子《こ》はうれしそうにわらい、伊之助《いのすけ》がいく方向《ほうこう》を指《ゆび》さしています。

「えっ？　あんたのうちも、こっちなの？　あぁ、よかった、よかった！」

コンコン　チキチン、コンチキチン……
コンコン　チキチン、コン　チキチン……

祭《まつり》ばやしが、とおくなりちかくなり……きこえてきます。

伊之助《いのすけ》は、山車《だし》のわきをとおり、路地《ろじ》をぬけました。祭《まつ》り見物《けんぶつ》ではなく、どこかへむかって先《さき》をいそいでいるようでした。

いくつかの通《とお》りをすぎたころ、お鈴《すず》は気《き》づきました。

「あれっ？　もうすぐ三条大橋《さんじょうおおはし》！」

なんで？

も、もしかして……、だんなさんになにかたいへんなことがおこったので

は？　ひょっとして、やまと屋《や》さんでひっくりかえって、うごけなくなった？

「きっと、だんなさんが腰《こし》をぬかしたんや！」

だから伊之助《いのすけ》は、それを知《し》らせに、橋本屋《はしもとや》へむかってるんやないやろか。

たしかに、そうや。ちがいない。

お鈴《すず》はそう思《おも》いこみました。

「はっ、しもた。うちは、なんてこと、したんやろ！」

だんなさんに、ちゃんと留守番《るすばん》をしているようにと、いわれたのに……。ま

め太郎《たろう》ぼっちゃんが、さぞ、こまっているだろうに。

橋本屋《はしもとや》にいっても、たよりのお鈴《すず》は、家《いえ》にいないんや！

「あぁ、留守番《るすばん》くらいひとりでできると、いばってしもたのに」

もう死《し》んでいる自分《じぶん》だけれど、こうなったら、もういちど死《し》んでおわびするしかない。

「ご、ごめんねえ！　あんたのおうち、さがせへんで……」

お鈴《すず》は、だいていた男《おとこ》の子《こ》を、橋本屋《はしもとや》の店《みせ》の前《まえ》でおろすと、ふたたび、三条《さんじょう》大橋《おおはし》の下《した》の川《かわ》べりにたちました。

お鈴《すず》のゆうれいは、目《め》をとじて、こんどこそ……。

「あ〜、あかんっ！　ゆうれいが死《し》ぬなんてきいたことがない。それに、うちは、あの子《こ》のおうちを、さがしてあげるんや！」

そう思《おも》いなおして、目《め》をあけたとたん。

あゎわゎわゎわゎわ……。

ドッボ――ン！

お鈴《すず》は、またまた、川《かわ》にすべりおちてしまいました。

「あれっ？」

気《き》がつくと、お鈴《すず》は、橋本屋《はしもとや》のおくの座敷《ざしき》にねていました。

「あー、よかったよかった。やっとお鈴《すず》が目《め》をさました」

仙太郎《せんたろう》が、わらっています。

「あの、うち、たしか死《し》んだはずや……ないですか？」

「なにをいうてるんや。そんなら、おまえはゆうれいかい？」

「まったく、ほんまにかなわん。お鈴《すず》みたいなあわて者《もの》は、はよう嫁《よめ》にでもいったらええんや！」

ぶっきらぼうにいったまめ太郎《たろう》の目《め》には、涙《なみだ》がひかっていました。

三日前《かまえ》の祭《まつ》りの夜《よる》。

お鈴《すず》を助《たす》けたのは、やまと屋《や》の伊之助《いのすけ》でした。

じつは、お鈴《すず》がひとりで留守番《るすばん》をしていることを知《し》った伊之助《いのすけ》が、仙太郎《せんたろう》にたのんで、お鈴《すず》を祭《まつ》り見物《けんぶつ》にさそうために橋本屋《はしもとや》にやってきたのでした。

ところが、伊之助《いのすけ》が橋本屋《はしもとや》についてみると、橋《はし》の下《した》で、人《ひと》が川《かわ》に落《お》ちたと大《おお》さわぎ。

幸《さいわ》い水《みず》が少《すく》なかったせいで、助《たす》けあげたお鈴《すず》にけがはありませんでしたが、三日《か》も気《き》がつかなかったというのでした。

「だんなさん。ま、まめ地蔵《じぞう》さまは？　うち、まめ地蔵《じぞう》さまを……」

「それがな、いったいどうしたもんか、庭《にわ》の松《まつ》の木《き》の枝《えだ》に、ひっかかってたんや」

「松《まつ》の枝《えだ》に？」

「そうや。きのう、まめ太郎《たろう》が見《み》つけてな、はしごをかけてとったんや。今《いま》も、お鈴《すず》が元気《げんき》になるように、お願《ねが》いしていたのや。ほうら、ここにいはります」

仙太郎《せんたろう》が、まめ地蔵《じぞう》を手《て》に取《と》り、お鈴《すず》に、そっとにぎらせました。

「あっ！」

お鈴《すず》は、その顔《かお》を見《み》てびっくりしました。

あの祭《まつ》りの夜《よる》。

生《い》きているのにゆうれいになったお鈴《すず》が、であった男《おとこ》の子《こ》。

あれは、この、まめ地蔵《じぞう》だったにちがいありません。

「京《きょう》の都《みやこ》は、ふしぎなところや……」

本物《ほんもの》のゆうれいになりそこなったお鈴《すず》は、自分《じぶん》の手《て》の上《うえ》のまめ地蔵《じぞう》を、いつまでも見《み》つめていました。

そくぞく びっくり箱

乗《の》りまちがえた、バス

服部千春・作　亀岡亜希子・絵

ついてない。

ほんと、ついてないったらない。

わたしは、大《おお》きな大《おお》きなためいきをついた。

だって、ずうっとあこがれていた小学校《しょうがっこう》の先生《せんせい》に、やっとなれて、今日《きょう》がその記念《きねん》すべき初出勤《はつしゅっきん》の日《ひ》だったのに……。


ジリジリジーンッ！

大音量《だいおんりょう》で鳴《な》るようにしていためざまし時計《どけい》を、パンチで止《と》めた。

ベッドからおきあがって、窓《まど》のカーテンをいきおいよくあける。朝日《あさひ》がキラキラとまぶしい。

「よーし。いい天気《てんき》で、縁起《えんぎ》がいいぞう」

初出勤《はつしゅっきん》の朝《あさ》だもの、きあいを入《い》れなくちゃと、朝《あさ》ごはんをしっかり食《た》べた。

真新《まあたら》しいベージュのスーツを着《き》こんで、バッグを肩《かた》にかけ、すこしだけヒールの高《たか》いくつをはいた。

元気《げんき》に歩《ある》きだした舗道《ほどう》で、くつがコツコツと小気味《こきみ》いい足音《あしおと》をたてる。

バスの時間《じかん》にはまだ、じゅうぶんまにあうはずと、わたしは、腕時計《うでどけい》を見《み》てみようとした。

「あれっ？　腕時計《うでどけい》……わすれた」

あわてて、家《いえ》にとりにもどった。

今日《きょう》から先生《せんせい》なのに、しっかりしなさい、わたし。

おかげで時間《じかん》がなくなって、バス停《てい》までいそいで走《はし》ることになってしまった。

「あっ！　バス、もうきてる！」

むこう側《がわ》のバス停《てい》に、バスが止《と》まっているのが見《み》えた。

「まって！　乗《の》せてください！」

青信号《あおしんごう》がチカチカして、赤《あか》にかわりそうな横断歩道《おうだんほどう》。左右《さゆう》を確認《かくにん》するまもなく、わたしはとびだした。

「……つぎは……日小学校前《ひしょうがっこうまえ》」

アナウンスにはっとして、反射的《はんしゃてき》に降車《こうしゃ》ボタンを押《お》していた。

ピンポンッ！

ボタンの音《おと》で、すっかり目《め》がさめた。気《き》がついたら、バスの中《なか》だ。

バスにまにあい、ほっとして、わたしったら眠《ねむ》ってしまってたんだ。こんどは、あやうく乗《の》りすごすところだった。

「ふう。あぶない、あぶない」

おちついて、バスの中《なか》を見《み》まわした。わたしのほかには、おとしよりが何人《なんにん》か座席《ざせき》にすわっていた。

むこうの席《せき》では、ふたりのおじいさんが、なにかしゃべりあっている。きっと、このさきの病院《びょういん》へむかう人《ひと》たちなのだろう。

「あなたは、なんのお病気《びょうき》で？」

「はあ。わたしは肺《はい》をやられまして……」

そんな会話《かいわ》が、耳《みみ》に入《はい》ってきた。


プシューッ。

わたしをおろしたバスが走《はし》りだす。

やれやれ、ぶじに朝日小学校前《あさひしょうがっこうまえ》でバスをおりられた。

「よーし。がんばるぞう」

きあいを入《い》れなおして、わたしは歩《ある》きだす。

朝日小学校《あさひしょうがっこう》。ここは、わたしの母校《ぼこう》だ。去年《きょねん》に教育実習《きょういくじっしゅう》にきたのも、この朝《あさ》日小学校《ひしょうがっこう》。

そして、今日《きょう》からはわたしの勤務先《きんむさき》の学校《がっこう》になるのだ。

「うふふ」

うれしくて、顔《かお》がにやけてしまう。

胸《むね》をはって校門《こうもん》を入《はい》ってすぐ、校舎《こうしゃ》の前《まえ》に立《た》って、わたしをよんでいる人《ひと》に気《き》づいた。

「先生《せんせい》。はやく、はやく」

大《おお》きく手《て》をふって、わたしを手《て》まねきしている男《おとこ》の人《ひと》。グレーのスーツを着《き》て、黒《くろ》っぽいネクタイをしめている。

「すみません。校長先生《こうちょうせんせい》ですか？」

校長先生《こうちょうせんせい》って、こんな顔《かお》だったっけ？

まるっこい体《からだ》に、まるい顔《かお》。かけているメガネもまるい。

校長先生《こうちょうせんせい》の顔《かお》もちゃんとおぼえていなかったなんて、ほんとうになさけないわたしだ。

校長先生《こうちょうせんせい》は、大《おお》きくうなずいた。

「そんなことより、早《はや》く教室《きょうしつ》へいきましょう。子《こ》どもたちがまっていますよ」

「えっ？　もう始業《しぎょう》の時間《じかん》なんですか？」

「そうですよ。はじめての日《ひ》に遅刻《ちこく》なんて、こまった先生《せんせい》ですね」

そういって、校長先生《こうちょうせんせい》はにがわらいだ。

「すみません」

あやまったけれど、わたしは首《くび》をかしげた。

始業《しぎょう》までには、じゅうぶんまにあうようにバスに乗《の》ったつもりだ。

いわれてみると、わたしと校長先生《こうちょうせんせい》のまわりにはだれもいない。

もし今《いま》がまだ始業時間前《しぎょうじかんまえ》なのだったら、登校《とうこう》してきた子《こ》どもたちが歩《ある》いているはずだ。

どういうことだろう。バスがおくれて着《つ》いたのだろうか。

わたしは、腕時計《うでどけい》で時間《じかん》を確認《かくにん》しようとした。バスにおくれそうになりながら、とりにもどった腕時計《うでどけい》だった。

「あれっ？　止《と》まってる？」

腕時計《うでどけい》の針《はり》は、八時《じ》すこし前《まえ》をさしたまま、うごいていなかった。

もう！　これじゃなんのためにとりにもどったのか、わからないじゃないの。

校長先生《こうちょうせんせい》につれられて、ついたのは、四年《ねん》一組《くみ》の教室《きょうしつ》。

「あのー。ここが、わたしのクラスですか？」

校長先生《こうちょうせんせい》は、「とうぜんでしょう」という顔《かお》でうなずく。

「もう、すぐに授業《じゅぎょう》になるのですか？」

校長先生《こうちょうせんせい》は、またまた、あたりまえそうにうなずいた。

だって、まだ着任式《ちゃくにんしき》もなにもしていない。わたしが、四年《ねん》一組《くみ》の担任《たんにん》だなんてことも、いまはじめてきいた。なのにもう授業《じゅぎょう》なんて……？

まず教室《きょうしつ》にいって、さいしょに子《こ》どもたちにあいさつをするのが、この学校《がっこう》のやりかたなんだろうか？　そういうことなら、しかたがない。したがうまでだ。

校長先生《こうちょうせんせい》が、教室《きょうしつ》の引《ひ》き戸《ど》に手《て》をかける。

わたしは、きあいを入《い》れるため、スーツのすそを引《ひ》っぱって、息《いき》をすいこむ。

ガラガラガラ……。

入《い》り口《ぐち》の戸《と》があいたとたん、子《こ》どもたちが声《こえ》をあげた。

「うわーっ」

「先生《せんせい》だ」

「先生《せんせい》が、きたあ」

うふふ。くすぐったいような気《き》もち。

校長先生《こうちょうせんせい》といっしょに、教室《きょうしつ》に入《はい》った。

子《こ》どもたちは、ざっと見《み》たところ、二十人《にん》あまり。

「はい。みんな、しずかにして」

校長先生《こうちょうせんせい》が、コホンとせきばらいをして、教壇《きょうだん》に立《た》った。

子《こ》どもたちは、席《せき》についたものの、そわそわしておちつかないようすで、わたしのほうに、ちらちらと目《め》をむけてくる。

朝日小学校《あさひしょうがっこう》、四年《ねん》一組《くみ》。この子《こ》たちが、今日《きょう》からわたしの生徒《せいと》なんだ。

去年《きょねん》、教育実習《きょういくじっしゅう》にきたときのうけもちは、おもに三年生《ねんせい》だった。あれから一年《ねん》がたつ。三年生《ねんせい》だった子《こ》たちは、四年生《ねんせい》になっているはず。

そうしたら、この四年《ねん》一組《くみ》の子《こ》どもたちのなかには、わたしが知《し》っている子《こ》もいるかもしれない。

そう思《おも》って、見《み》まわしてみたけれど、顔《かお》に見《み》おぼえのある子《こ》はいなかった。

「こちらは、見習《みなら》いの先生《せんせい》です」

そういって、校長先生《こうちょうせんせい》が、わたしをみんなに紹介《しょうかい》してくれる。

けれど、「見習《みなら》いの先生《せんせい》」？　「見習《みなら》いの先生《せんせい》」というのは、教育実習生《きょういくじっしゅうせい》ということではないのだろうか？

ほんとうに先生《せんせい》になってやってきたわたしは、見習《みなら》いではないと思《おも》うのだけれど……。

ぶつぶつと心《こころ》の中《なか》で文句《もんく》をいいながらも、わたしは、にっこりわらって立《た》っていた。

「こちらの先生《せんせい》のお名前《なまえ》は……」

校長先生《こうちょうせんせい》が、わたしの名前《なまえ》を黒板《こくばん》に書《か》いてくれるみたい。まるで、転校生《てんこうせい》の紹介《しょうかい》みたいだなぁ、と思《おも》ってしまう。

「鈴木《すずき》さやか、先生《せんせい》です」

はあ？　びみょうにまちがってるし……。

「校長先生《こうちょうせんせい》。わたしの名前《なまえ》は、鈴本《すずもと》あやか、です」

むきになって、そういってしまった。

校長先生《こうちょうせんせい》が、「ええっ？」と、目《め》をまるくした。

「ありゃ？　どこで名前《なまえ》をおぼえまちがいしたのだろう。これは、しつれいしました」

校長先生《こうちょうせんせい》は、わたしにペコリと頭《あたま》をさげた。

教室《きょうしつ》のみんなが、「あははは……」と、明《あか》るいわらいごえをあげる。

おかげで、きんちょうしていた気《き》もちが、するっとほぐれた。

「鈴木《すずき》、いや、鈴本先生《すずもとせんせい》は、今日《きょう》はわたしの授業《じゅぎょう》を見学《けんがく》していてください」

校長先生《こうちょうせんせい》はそういって、教室《きょうしつ》のいちばん後《うし》ろにイスをおいて、わたしをすわらせてくれた。

黒板《こくばん》の前《まえ》に立《た》った校長先生《こうちょうせんせい》は、出席簿《しゅっせきぼ》をもって、子《こ》どもたちの名前《なまえ》をよんでいく。

「相田《あいだ》きららさん……生田和人《いくたかずと》くん……植木芽衣《うえきめい》さん……」

名前《なまえ》をよばれて、「はい」と手《て》をあげる子《こ》どもたち。やっぱり、みんなしらない子《こ》ばかりだ。

「つぎ、佐々木《ささき》あいさん」

「はい」

わたしのすぐ前《まえ》にすわっている女《おんな》の子《こ》が、小《ちい》さく手《て》をあげた。

わたしは、思《おも》わず、「あっ」と声《こえ》をあげていた。

「佐々木《ささき》あい」その名前《なまえ》にはおぼえがあった。わたしが教育実習《きょういくじっしゅう》にきていたあいだ、ずっと学校《がっこう》を休《やす》んでいた子《こ》の名前《なまえ》だった。

病気《びょうき》で長期療養中《ちょうきりょうようちゅう》だときいていたけれど、一回《かい》も会《あ》えないことが残念《ざんねん》で、気《き》になっていた子《こ》だった。

学校《がっこう》にこられるようになっていたんだ。よかった。

わたしは、佐々木《ささき》あいさんのそばに体《からだ》をよせて、声《こえ》をかけた。

「佐々木《ささき》あいさん」

おだんごヘアーの頭《あたま》が、わたしをふりかえった。

「佐々木《ささき》あいさん。病気《びょうき》がなおって、学校《がっこう》へこられるようになったのね。よかったわね」

佐々木《ささき》あいさんは、ちょっと首《くび》をかしげて、わたしを見《み》る。そのふしぎそうな顔《かお》がかわいい。わたしは、

「これから、よろしくね」

と、えがおを返《かえ》した。

教室《きょうしつ》のみんなに作文用紙《さくぶんようし》をくばりながら、校長先生《こうちょうせんせい》がいう。

「今日《きょう》の国語《こくご》の時間《じかん》は、作文《さくぶん》です。作文《さくぶん》の題《だい》は、『こんど生《う》まれかわったら、なにになりたいか。』です。みんな、なりたいものを、よーく考《かんが》えて、作文《さくぶん》にしましょう」

作文用紙《さくぶんようし》をもらった子《こ》たちは、さっそくえんぴつをにぎって、考《かんが》えている。

わたしは、感心《かんしん》してしまった。

「こんど生《う》まれかわったら、なにになりたいか」だって。ずいぶんとユニークな作文《さくぶん》を書《か》かせるものだ。

わたしも、自分《じぶん》で考《かんが》えてみる。

「こんど生《う》まれかわったら？　わたし、なにになりたいかな？　うーん。女優《じょゆう》とか、アイドルになるっていうのもいいな。それか、男《おとこ》の人《ひと》になって、パイロットもいいな。あ、思《おも》いきって、ネコになるっていうのもありだな……」

そう思《おも》ったら、これはたのしい作文《さくぶん》かもしれない。

わたしの前《まえ》にすわっている、佐々木《ささき》あいさんも、作文用紙《さくぶんようし》になにか書《か》きはじめている。

わたしは、首《くび》をのばして、後《うし》ろからそっとのぞいてみた。

佐々木《ささき》あいさんの作文用紙《さくぶんようし》に、まるくてかわいい文字《もじ》がならんでいる。

「……わたしは、生《う》まれかわっても、やっぱり、わたしのおとうさんとおかあさんの子《こ》どもになりたいです。おとうさんとおかあさんの子《こ》どもになって、ふたりがおじいさんとおばあさんになるまで、いっしょにくらしたいです……」

佐々木《ささき》あいさんは、そう書《か》いていた。

おとうさんとおかあさんのことが、ほんとうに好《す》きなのね。

わたしは、そう思《おも》って、ホロリとした気《き》もちになった。

子《こ》どもたちは、しずかに作文《さくぶん》を書《か》くえんぴつをうごかしている。

ダダダダ……。

ろうかを走《はし》る足音《あしおと》がちかづいてきた。

ガラッ！

教室《きょうしつ》の前《まえ》の戸《と》が、音《おと》をたててあけられた。

「はあ、はあ、はあ……」

あけた戸《と》に手《て》をかけて、肩《かた》でいきをしている女《おんな》の人《ひと》。グレーのスーツを着《き》て、かみをショートカットにした、わかい女《おんな》の人《ひと》だ。

女《おんな》の人《ひと》は、よほどいそいで走《はし》ってきたのだろう。はずんだいきのまま、声《こえ》もでないようすだ。

「どなたですか？」

校長先生《こうちょうせんせい》をはじめ、みんながぽかんとして、女《おんな》の人《ひと》を見《み》ている。

「はあ、はあ……役場《やくば》によっていたら……てまどってしまって、おくれて……

すみません。鈴木《すずき》、さやか、です……」

「ええーっ⁉」

どういうこと？　びっくりだ！

校長先生《こうちょうせんせい》は、まるいメガネをかけなおして、目《め》をぱちくりさせる。

「あなたが、鈴木《すずき》さやかさん？　見習《みなら》いの先生《せんせい》の？」

戸口《とぐち》に立《た》っている女《おんな》の人《ひと》（鈴木《すずき》さやかさん？）が、おおきくうなずいた。

「じゃあ、そっちにいるのは？」

校長先生《こうちょうせんせい》が、わたしをゆびさしている。

わたしは、あわててこたえた。

「へっ？　わたしは、新任《しんにん》の先生《せんせい》の、鈴本《すずもと》あやかですけど」

「ええーっ？」

校長先生《こうちょうせんせい》は、首《くび》をひねって、うでをくんだ。

「いったい、なにが、どうなっているんだ？」

こんどは、鈴木《すずき》さやかさんが、わたしをゆびさした。

「もしかしたら、あなたね。さっき、役場《やくば》でさわぎになっていたわ。『たいへんだ。まちがって、お迎《むか》えのバスに乗《の》りこんだ人《ひと》がいる』って」

「まちがって？　わたしが？」

わたしは、自分《じぶん》で自分《じぶん》をゆびさした。

「あの、ここって、朝日小学校《あさひしょうがっこう》ですよね？」

わたしがたずねると、校長先生《こうちょうせんせい》の顔《かお》が、はっとかわった。

「やっぱり！　ここは、朝日小学校《あさひしょうがっこう》ではありません。夕日小学校《ゆうひしょうがっこう》です」

「夕日小学校《ゆうひしょうがっこう》!?」

まさか、おどろいた！

朝日小学校《あさひしょうがっこう》にそっくりなのに、一字《じ》ちがいのべつの小学校《しょうがっこう》にきていたなんて。

いったい、どこで、どうまちがってしまったのだろう？

「帰《かえ》りなさい。いまなら、まだまにあうかもしれない。さあ、はやく！」

校長先生《こうちょうせんせい》が、教室《きょうしつ》の外《そと》を指《ゆび》さす。

「は、はい」

わたしは、あわてて教室《きょうしつ》からでようとした。

「まって！」

わたしをよびとめたのは、佐々木《ささき》あいさんだった。

「先生《せんせい》。鈴本先生《すずもとせんせい》。むこうへ帰《かえ》れるんだったら、おねがい。おとうさんとおかあさんにつたえて。『わたしは、元気《げんき》でいるから、心配《しんぱい》しないで』って。そうつたえて」

「ええ。わかったわ。つたえておくから」

いそいでいたわたしは、よくわからないけれども、あわてそうとだけしかこたえられなかった。

いそぎ足《あし》のわたしを、校長先生《こうちょうせんせい》が校門《こうもん》まで見《み》おくってくれた。

「あなたは、まだ夕日小学校《ゆうひしょうがっこう》にきてはいけない人《ひと》だ。むこうで、いい先生《せんせい》になるんですよ。きっとですよ」

「でも、校長先生《こうちょうせんせい》。わたしは、どこへいけばいいのでしょう?」

「走《はし》りなさい。バスがやってきた道《みち》を、もどるのです。まっすぐ。さあ、はやく」

校長先生《こうちょうせんせい》に背中《せなか》を押《お》されて、わたしは走《はし》りだした。

この道《みち》が、あっているのかどうかもわからずに……。

ただ、まっすぐ、まっすぐに、わたしは走《はし》った。

＊　＊　＊

夕日小学校

「あやか！」

「あやか！」

わたしをよぶ、父《ちち》と母《はは》の声《こえ》で目《め》がさめた。

「う、ん……ここは、どこ？」

「ああ……よかった。気《き》がついた……」

母《はは》が、目《め》にいっぱい涙《なみだ》をためている。

「ここは、病院《びょういん》だよ」と、父《ちち》。

「そうよ。あやかは、車《くるま》にはねられて、もう三日《か》も気《き》をうしなったままだったのよ」

「車《くるま》に、はねられて？」

わたしがいるのは、病室《びょうしつ》のベッドの上《うえ》だった。おきあがろうとして、母《はは》にとめられる。

「だめよ。まだ、じっとしていないと」

頭《あたま》がいたい。手《て》をやると、ホウタイがまいてあった。

わたし、どうしたんだろう?

すこしずつ、すこしずつ思《おも》いだしてきた。

あの朝《あさ》、バスにおくれまいと、あわてて道路《どうろ》にとびだした。

キキーッ‼

せまってきた、黒《くろ》いワゴン車《しゃ》のブレーキ音《おん》。

立《た》ちすくんだ、わたし。

一瞬《いっしゅん》で、目《め》のまえが暗《くら》くなった。

そのあと、やってきたバスに、わたしは乗《の》った。すぐそばで救急車《きゅうきゅうしゃ》のサイレンの音《おと》をききながら……。

あのとき、きっと、自分《じぶん》の体《からだ》からはなれたわたしは、乗《の》ってはいけないバスに乗《の》ってしまったのだ。あれは、むこうの世界《せかい》へいく、お迎《むか》えバス？

ぐうぜん、ついたのが、夕日小学校《ゆうひしょうがっこう》だった。夕日小学校《ゆうひしょうがっこう》がぐうぜんなら、よくにた名前《なまえ》の鈴木《すずき》さやかさんも、ぐうぜん？

もし、バスをおりたのが夕日小学校《ゆうひしょうがっこう》でなかったら、わたしは、どうなっていたのだろう？

すうっとさむけがして、両手《りょうて》で自分《じぶん》の肩《かた》をだいた。

事故《じこ》にあったため、すこしおくれたけれど、わたしは朝日小学校《あさひしょうがっこう》の先生《せんせい》になった。うけもちのクラスは、三年《ねん》二組《くみ》。

朝日小学校《あさひしょうがっこう》の四年生《ねんせい》のなかには、教育実習《きょういくじっしゅう》のときにあった子《こ》たちもいた。

けれども、佐々木《ささき》あいさんはいない。病気《びょうき》で亡《な》くなったのは一月《がつ》だったと、せんぱいの先生《せんせい》がおしえてくれた。

わたしは、こんど、佐々木《ささき》あいさんの家《いえ》をたずねていこうと思《おも》っている。あいさんの伝言《でんごん》を、おとうさんとおかあさんにつたえるために。そのために、たずねていこうと思《おも》うのだ。

ぞくぞくびっくり箱

目玉《めだま》をなくした百目《ひゃくめ》こぞう

ライスたけお・作　橋 賢亀・絵

「あ～、今日《きょう》もつかれたなぁ」

百目《ひゃくめ》こぞうは、ため息《いき》をついてすわりこむと、さっそく体《からだ》じゅうの目玉《めだま》をはずしはじめた。

百目《ひゃくめ》こぞうには目《め》が百こある。

顔《かお》だけで十五こ。あとは、おなかや手足《てあし》、せなかまで、体《からだ》じゅうのあらゆるところに目玉《めだま》があった。

その百この目玉《めだま》で人《ひと》をおどろかすのが、百目《ひゃくめ》こぞうの仕事《しごと》だ。

今日《きょう》も百目《ひゃくめ》こぞうは、ひと仕事《しごと》を終《お》えてきた。

夜道《よみち》の暗《くら》いかげに立《た》ち、人《ひと》がくるのをじっとまつ。

なるべく気《き》が小《ちい》さくて、こわがりの人《ひと》がいい。

しばらくまっていると、わかい女《おんな》がやってきた。夜道《よみち》がこわいのか、不安《ふあん》そうな顔《かお》でまわりをキョロキョロ見《み》ながら歩《ある》いている。

百目《ひゃくめ》こぞうは、いったんかくれて女《おんな》が通《とお》りすぎるのをまち、後《うし》ろからそっと近《ちか》づいて、声《こえ》をかけた。

「あの、数《かぞ》えてもらっていいですか？」

「え？」

女《おんな》がふりかえった、その瞬間《しゅんかん》、

「何《なん》こある？」

とさけんで、百この目玉《めだま》をカッと見《み》ひらいた。

「キャ〜〜！」

女《おんな》は大声《おおごえ》をあげて後《うし》ろにたおれると、そのまま転《ころ》がるようににげていった。

その後《うし》ろすがたを見《み》ながら、百目《ひゃくめ》こぞうはケラケラと声《こえ》をあげてわらった。

百目《ひゃくめ》こぞうは、人《ひと》をおどろかすのが大好《だいす》きだ。あわててにげていく人《ひと》の後《うし》ろすがたをながめることが、なによりも好《す》きだった。

目玉《めだま》が百こもあってほんとうによかったと、そのときだけは、心《こころ》から思《おも》えた。

しかし、それ以外《いがい》のときはいつも、百この目玉《めだま》が、じゃまでしょうがなかった。

体《からだ》じゅうに目《め》があると、いろんな場所《ばしょ》にある、いろんなものが同時《どうじ》に見《み》える。

「それは便利《べんり》ですね」

なんてよくいわれるが、とんでもない。

ものを見《み》るのに、目玉《めだま》は一つか二つもあればじゅうぶんだ。

それ以上《いじょう》あっても、じゃまなだけ。

なんでも、多《おお》ければいいってものではないのだ。

たとえば、家《いえ》で本《ほん》を読《よ》んでいるとき。

顔《かお》についた目《め》で本《ほん》を読《よ》みながら、背中《せなか》の目《め》はまどの外《そと》を見《み》ている。

「雨《あめ》がふりそうだなぁ。ふる前《まえ》に、せんたくものをとりこまないと」

天気《てんき》を気《き》にしながら、それでも本《ほん》を読《よ》んでいると、

「あれ？　あんなところにゴミがある」

足《あし》もとの目《め》が、床《ゆか》にゴミを見《み》つける。

「ちょっとツメがのびてきたな」

指先《ゆびさき》の目《め》は、反対《はんたい》の手《て》のツメが気《き》になりはじめた。

「あれ、へんな虫《むし》がいるぞ！」

こんどは、頭《あたま》のてっぺんの目《め》が小《ちい》さな虫《むし》を見《み》つけだした。

部屋《へや》じゅうとびまわる虫《むし》を目《め》で追《お》いかける。百この目《め》で追《お》いかければ、見《み》うしなうことがないのだ。

あっちこっちの目《め》が、好《す》き勝手《かって》に、いろいろなものを見《み》つけだしては、キョロキョロ、キョロキョロキョロ。

とても、本《ほん》など読《よ》んでいられない。

何《なん》ページも読《よ》まないうちに、頭《あたま》がいたくなってしまうのだ。

だから、百目《ひゃくめ》こぞうは、仕事《しごと》が終《お》わると、いつもすぐに目玉《めだま》をはずした。

人間《にんげん》と同《おな》じ、鼻《はな》の近《ちか》くについている二つだけをのこして、あとの目玉《めだま》は、はこの中《なか》にしまっておいた。

「こんばんは。さあ、いくよ」

次《つぎ》の夜《よる》。いつものように、ガールフレンドのろくろ首《くび》がむかえにきてくれた。

「ちょっと、まってくれ。たいへんなんだ」

「どうしたの？」

「目玉《めだま》を一こなくしちゃった！」

その日《ひ》、百目《ひゃくめ》こぞうは、でかける用意《ようい》をしているとちゅうで、目玉《めだま》のはこをひっくりかえしてしまったらしい。

あわててひろいあつめたけれど、どうしても一つだけ見《み》つからないというのだ。

ろくろ首《くび》も、玄関《げんかん》にすわったまま、首《くび》だけのばして部屋《へや》じゅうを探《さが》してみたが、どこにも見《み》つからなかった。

「だいじょうぶよ。一つくらいなくたって」

「だいじょうぶなわけないだろ！　目玉《めだま》が百こあるから百目《ひゃくめ》こぞうなんだ。九十九こじゃ、九十九目《め》こぞうになっちゃうじゃないか！」

「べつにどっちだっていいじゃない。さあ、いくわよ！」

ろくろ首《くび》にむりやりつれだされた百目《ひゃくめ》こぞうは、しかたなく夜道《よみち》に立《た》ち、人《ひと》がくるのをまった。

しばらくすると、また、わかい女《おんな》がやってきた。

不安《ふあん》そうな顔《かお》で、キョロキョロしながら歩《ある》いている。

百目《ひゃくめ》こぞうは、かげにかくれて、女《おんな》が通《とお》りすぎるのをまち、そして、そのまま声《こえ》をかけなかった。

「ちょっと、なにしてんのよ？」

ふりかえると、ろくろ首《くび》のおこった顔《かお》があった。

ろくろ首《くび》は、別《べつ》の場所《ばしょ》へ人《ひと》をおどろかしにいっていたが、百目《ひゃくめ》こぞうのことが気《き》になって、首《くび》をのばして見《み》ていたのだ。

「なんで声《こえ》をかけないのよ？」

「だって、目《め》が一こ足《た》りないから」

「だいじょうぶだって。だれも数《かぞ》えたりしないから」

「でも……」

「いいから、とっとといきなさい！」

と、ろくろ首《くび》に背中《せなか》を押《お》され、百目《ひゃくめ》こぞうは、おっとっとっと道《みち》のまん中《なか》へとびだした。

ちょうどそこへ、わかい男《おとこ》が通《とお》りかかった。

百目《ひゃくめ》こぞうより、ずっと背《せ》が高《たか》くて、力《ちから》の強《つよ》そうながっしりとした体《からだ》つきの大男《おおおとこ》。

急《きゅう》にあらわれた百目《ひゃくめ》こぞうにおどろきながらも、

「だれだ？」

と、いさましい声《こえ》をあげ、こぶしをにぎって、みがまえた。

「わあ！　なぐらないで！」

人《ひと》をおどろかすのは得意《とくい》だが、けんかは苦手《にがて》な百目《ひゃくめ》こぞう。両手《りょうて》をあげてこうさんすると、百この目玉《めだま》をキョロキョロさせて、必死《ひっし》でにげ道《みち》を探《さが》しだした。

そのすがたを見《み》た大男《おおおとこ》、

「ぎゃ〜〜！　でた〜〜〜〜！」

と大声《おおごえ》をあげて後《うし》ろにたおれると、そのまま転《ころ》がるようににげてしまった。

「ほらね。いったとおりでしょ」

帰《かえ》り道《みち》、ろくろ首《くび》は、そういって得意《とくい》そうにわらった。

「目《め》が二つだけの人間《にんげん》からみれば、百こも九十九こもいっしょなのよ。九十八こでも、きっとこわがるわ」

「そういうものなんだろうか？」

百目《ひゃくめ》こぞうは、ふしぎそうに首《くび》をひねった。

次《つぎ》の夜《よる》、百目《ひゃくめ》こぞうは、ためしに目《め》を一つへらして、九十八この目《め》で、わかい女《おんな》に声《こえ》をかけてみた。

「キャ〜〜！」

女《おんな》は、大声《おおごえ》をあげて後《うし》ろにたおれると、転《ころ》がるようににげていった。

「ろくろ首《くび》のいうとおりだ！」

その次《つぎ》の夜《よる》は九十七こ。その次《つぎ》の夜《よる》は九十六こ。その次《つぎ》の夜《よる》は九十五こと、百目《ひゃくめ》こぞうは、毎日《まいにち》一つずつ目玉《めだま》をへらしていった。

それでもみんな、百このときとかわらないぐらいこわがって、転《ころ》がるようににげていった。

百目《ひゃくめ》こぞうは楽《たの》しくなって、どんどん目玉《めだま》をへらしていった。

そのうち、一つずつへらすのがめんどうになり、七十五この次《つぎ》の日《ひ》は、思《おも》い切《き》って五十こにしてみた。

「あら、ずいぶん少《すく》なくなったわね」

ろくろ首《くび》にそういわれて、百目《ひゃくめ》こぞうは、すこし不安《ふあん》になったが、それでもやっぱり、見《み》た人《ひと》はこわがってにげていった。

三十こにしても同《おな》じだった。

それならばと、次《つぎ》の日《ひ》は、思《おも》いきって五こにしてみた。

首《くび》から下《した》には一つもつけず、顔《かお》に五こだけつけてみた。

「それは、へらしすぎじゃないの？」

ろくろ首《くび》はそういって心配《しんぱい》したが、それでもやはり、見《み》た人《ひと》は、

「ギャ～～！」

とさけんで、転《ころ》がるようににげていった。

四つでもにげていった。

三つでもにげていった。

「なにがそんなにこわいのかしら」

ろくろ首《くび》は、そういって長《なが》い首《くび》をかしげた。

「人間《にんげん》にだって目玉《めだま》が二つあるんだから、三つぐらいの目玉《めだま》でおどろかなくてもいいのにね」

「そういうものなのさ」

百目《ひゃくめ》こぞうはそういうと、三つの目《め》を細《ほそ》めて満足《まんぞく》そうにわらった。

それからまいばん、百目《ひゃくめ》こぞうは、三つの目玉《めだま》ででかけるようになった。

人間《にんげん》と同《おな》じ、鼻《はな》の近《ちか》くに二つと、そして、おでこにもう一つ。

「なんかもの足《た》りないわね」

ろくろ首《くび》にそういわれても、百目《ひゃくめ》こぞうは気《き》にしなかった。

たくさんの目玉《めだま》をつけたりはずしたりする、めんどうな仕事《しごと》がなくなって、うれしかったのだ。

はこに入《い》れていたのこりの目玉《めだま》も、そのうち、すてててしまった。

人《ひと》をこわがらせるには、三つの目玉《めだま》でじゅうぶんだったのだ。

百目《ひゃくめ》こぞうは、人間《にんげん》がなにをこわがるのか、だんだん、興味《きょうみ》がわいてきた。

そして、おどろかす方法《ほうほう》も、いろいろ考《かんが》えるようになった。


あるときは、ぼうしをかぶり、おでこの目玉《めだま》をかくしたまま、親切《しんせつ》そうなおばあさんに声《こえ》をかけた。

「すいません、目《め》に虫《むし》が入《はい》ったみたいなんです。見《み》てもらっていいですか?」

おでこの目玉《めだま》が見《み》えなければ、ふつうの人《ひと》とかわらない。

ばあさんは、少《すこ》しもおどろかず、

「あらまあ、かわいそうに。見《み》てやろう」

といって、顔《かお》を近《ちか》づけてきた。

その瞬間《しゅんかん》。

「いや、そこじゃなくて、こっちの目《め》です」

百目《ひゃくめ》こぞうは、さっとぼうしをとると、おでこの目玉《めだま》をカッと見《み》ひらいた。

「ギャ〜〜〜〜！」

ばあさんは、後《うし》ろへひっくりかえり、そのまま気《き》をうしなってしまった。

しばらくして、こんどは、三つめの目玉《めだま》を手《て》のひらにつけてみた。

手《て》のひらをかくせば、ふつうの人間《にんげん》とかわらない。

それならべつに、こそこそする必要《ひつよう》もないだろうと、生《う》まれて初《はじ》めて、明《あか》るい昼間《ひるま》にでかけてみた。

同《おな》じ道《みち》でも、夜《よる》と昼《ひる》では、ずいぶん様子《ようす》がちがう。

百目《ひゃくめ》こぞうは、初《はじ》めて歩《ある》く昼間《ひるま》の道《みち》を、ワクワクしながら歩《ある》いた。

道《みち》ばたで子《こ》どもたちが楽《たの》しそうに遊《あそ》んでいる。

百目《ひゃくめ》こぞうは、ニコニコしながら、ちかよって声《こえ》をかけた。

「なあ、ジャンケンしようか？」

「いいよ！」

子《こ》どもたちは、すぐにのってきた。

「ジャ〜ンケ〜ン、ポン！」

百目《ひゃくめ》こぞうがだしたのは、もちろんパー。

手《て》のひらを子《こ》どもたちの前《まえ》につきだすと、その真《ま》ん中《なか》についた目玉《めだま》をカッと見《み》ひらいた。

「わ〜！　目玉《めだま》だ！」

「なにこれ？」

「おもしろ〜い！」

　こわがるはずの子《こ》どもたちが、なぜか大《おお》よろこび。

　百目《ひゃくめ》こぞうの手《て》をつかまえて、みんなで目玉《めだま》をさわりはじめた。

「イタタタタ！　やめろ！　やめろ！　手《て》をはなせ！」

　ビックリしてにげだしたのは、百目《ひゃくめ》こぞうのほうだった。

「もっと見《み》せて～！」

「まて～！」

「にげるな～！」

　子《こ》どもたちは、あきらめずに追《お》いかけてくる。

　走《はし》るのが苦手《にがて》な百目《ひゃくめ》こぞうは、あっというまに追《お》いつかれ、子《こ》どもたちにかこまれてしまった。

「ねえ、見《み》せて～！」

「はやく見《み》せろ！」

「見《み》せないと、石《いし》をぶつけるぞ！」

　なぜだか知《し》らないが、さっきより

ずいぶん、らんぼうになっている。

石《いし》をぶつけられてはかなわないと思《おも》った百目《ひゃくめ》こぞうは、

「絶対《ぜったい》にさわらないでね」

といいながら、しかたなく手《て》を広《ひろ》げて見《み》せた。

「わ〜、スゲ〜！」

子《こ》どもたちは、大《おお》もりあがり。

「なんで手《て》についてるの〜？」

「どこにでもつけられるんだよ。ホラ」

百目《ひゃくめ》こぞうは、手《て》のひらの目玉《めだま》をひょいとはずすと、おでこにピタッとつけてみた。

「スゲ〜〜！」

大《おお》よろこびではくしゅをする子《こ》どもたち。

百目《ひゃくめ》こぞうも、だんだん楽《たの》しくなってきた。

「この、二つもはずせるんだよ」

百目《ひゃくめ》こぞうは、鼻《はな》の近《ちか》くの二つ目玉《めだま》をはずすと、一つだけのこったおでこの目玉《めだま》を、パチクリパチクリさせてみた。

その瞬間《しゅんかん》。

「ギャ〜〜！　おばけだ〜〜〜！」

子《こ》どもたちは、泣《な》きながらにげていってしまった。


ポツンとひとり、とりのこされた百目《ひゃくめ》こぞう。

もう人《ひと》をおどろかす元気《げんき》もなくなって、とぼとぼと家《いえ》へむかって歩《ある》きはじめた。

ところが、しばらくすると、後《うし》ろから、子《こ》どもの声《こえ》がきこえてきた。

「いたぞ〜！」

「あっちだ〜！」

さっきの子《こ》どもたちだ！

「お〜い！」

百目《ひゃくめ》こぞうが、手《て》をあげて明《あか》るくふりかえると、子《こ》どもたちの後《うし》ろに、見《み》おぼえのある、わかい男《おとこ》のすがたが見《み》えた。

百目《ひゃくめ》こぞうより、ずっと背《せ》が高《たか》くて、力《ちから》の強《つよ》そうながっしりとした体《からだ》つきの大男《おおおとこ》。

前《まえ》に一度《いちど》、夜道《よみち》でおどろかした、あの男《おとこ》だ。

今日《きょう》は、まだ明《あか》るいせいか、目玉《めだま》の数《かず》が少《すく》ないせいなのか、百目《ひゃくめ》こぞうのことをまったくこわがる様子《ようす》がない。

手《て》に長《なが》い棒《ぼう》をもち、

「この、バケモノめ！」

とさけぶと、オニのようなこわい顔《かお》で、百目《ひゃくめ》こぞうを追《お》いかけてきた。

子《こ》どもたちは、男《おとこ》を助《たす》けるように、石《いし》をひろって投《な》げつけてくる。

百目《ひゃくめ》こぞうは、あわててにげたが、すぐにつかまってしまった。

「二度《にど》と悪《わる》さをできないようにしてやる！」

男《おとこ》は百目《ひゃくめ》こぞうの三つの目玉《めだま》を全部《ぜんぶ》とりあげて、近《ちか》くの川《かわ》に投《な》げすててしまった。

子《こ》どもたちは、大《おお》よろこび。

「ぼくもなにかとりた〜い！」

「川《かわ》に投《な》げた〜い！」

といってあつまると、百目《ひゃくめ》こぞうの顔《かお》から、鼻《はな》や口《くち》までとりはずして、川《かわ》へ投《な》げすててしまった。

男《おとこ》と子《こ》どもたちが帰《かえ》ると、百目《ひゃくめ》こぞうは、ただひとり、道《みち》ばたにのこされた。

なにも見《み》えず、家《いえ》に帰《かえ》ることもできない。

しかたなく、その場《ば》にすわってじっとしていた。

夜《よる》になったら、ろくろ首《くび》が助《たす》けにきてくれるかも知《し》れない。

しばらくすると、トントンと、だれかに肩《かた》をたたかれた。

「どうしたの？」

それは、ろくろ首《くび》の声《こえ》ではなく、前《まえ》に夜道《よみち》でおどろかした、親切《しんせつ》なばあさんの声《こえ》だった。

「だいじょうぶかい？」

そういって、百目《ひゃくめ》こぞうの顔《かお》をのぞきこんだばあさん。

その、目《め》も鼻《はな》も口《くち》もない、のっぺりとした顔《かお》を見《み》て、

「ギャ〜〜〜！」

とさけぶと、そのまま気《き》をうしなってしまった。

それから、このあたりでは、もう、百目《ひゃくめ》こぞうのような、目玉《めだま》のたくさんついたおばけはでなくなった。

そのかわり、顔《かお》に目《め》も鼻《はな》も口《くち》もない、「のっぺらぼう」とよばれるおばけが、ときどき、夜道《よみち》にあらわれては、人《ひと》をおどろかすようになったそうだ。

ぞくぞく
びっくり箱

こわい目《め》にあった男《おとこ》

内田麟太郎・作　北田哲也・絵

なにがこわいといって、おばけほどこわいものはおりません。角《かど》を曲《ま》がったとたん、大入道《おおにゅうどう》などにでっくわしたら、

「ぶっきゃー」

と、目《め》ん玉《たま》がとびだし、勝手《かって》ににげだしていくことでしょう。あまりのこわさに、にょきりと足《あし》まで生《は》えて。

「目《め》ん玉《たま》やいー」

と、追《お》っかけたくても、目玉《めだま》のない目《め》ですから、お先《さき》まっ暗《くら》。なにも、見《み》えません。

ところが、世《よ》の中《なか》には、こんなおばけもにげだすような豪傑《ごうけつ》が、たまには、でてくるものでございます。

古賀平四郎《こがへいしろう》。

九州《きゅうしゅう》は柳川《やながわ》、立花藩《たちばなはん》の剣術師範《けんじゅつしはん》。歳《とし》は男盛《おとこざか》りの三十と一つでした。男《おとこ》っぷりは、まあ、ほどほどでしょうか。

ある日《ひ》。殿《との》さまともども将軍《しょうぐん》によびだされました。

「この者《もの》と、立《た》ちあってみよ」

平四郎《へいしろう》のうわさが将軍《しょうぐん》のお耳《みみ》にもとどいていたのでございましょう。相手《あいて》は将軍家剣術指南役《しょうぐんけけんじゅつしなんやく》、大西早雲《おおにしそううん》でした。

「かしこまりました」

ふたりは将軍《しょうぐん》の前《まえ》で木刀《ぼくとう》をかまえました。

いきなり上段《じょうだん》にかまえる早雲《そううん》。いかにも平四郎《へいしろう》を見《み》くびったかまえです。

しかし目《め》は「この田舎侍《いなかざむらい》め。たたきのめしてやる！」と平四郎《へいしろう》をきっとにらみつけております。

ぴーんと、張《は》りつめた空気《くうき》。

道場《どうじょう》は、せきばらいひとつきこえません。

将軍《しょうぐん》も殿《との》さまも、思《おも》わずぐっとこぶしをにぎられました。

いいえ、平四郎《へいしろう》だけは、春《はる》のかげろうよりものどかに、ぼーと棒立《ぼうだ》ちのままです。

木刀《ぼくとう》も右手《みぎて》に軽《かる》くにぎり、だらりと下《さ》げております。目《め》もあけているのやら、とじているのやら。ぼんやりとした目《め》で早雲《そううん》を見《み》ていました。

「トエーッ!」

殺気《さっき》のこもった気合《きあい》がひびき、早雲《そううん》の木刀《ぼくとう》がうなりを上《あ》げ、平四郎《へいしろう》の頭《あたま》をおそいました。

から、から、から。

木刀《ぼくとう》が道場《どうじょう》の床《ゆか》をころがりました。早雲《そううん》のものでした。

「平四郎《へいしろう》、みごとじゃ」

将軍《しょうぐん》の声《こえ》が、すぐにひびきました。

秘剣春《ひけんはる》がすみでございます。

「いや、みごとじゃった。あっぱれ、あっぱれ」

江戸屋敷《えどやしき》へもどられた殿《との》さまも上《じょう》きげんです。この日《ひ》より古賀平四郎《こがへいしろう》は、殿《との》さまより立花姓《たちばなせい》をたまわり、立花平四郎《たちばなへいしろう》となりました。

「ところで、平四郎《へいしろう》」

殿《との》さまは、「もっと、ちこうよれ」と手《て》まねきされました。

「は、はっ」

ひざをすすめた平四郎《へいしろう》に、殿《との》さまは目《め》を細《ほそ》めながらおっしゃいました。

「うわさはきいておろう」

「はい、この耳《みみ》に」

「ならば、話《はなし》がはやい。今夜《こんや》にもこらしめてまいれ」

夜《よ》な夜《よ》な江戸《えど》の町民《ちょうみん》をこまらせているおばけ退治《たいじ》です。殿《との》さまとしては、早雲《そううん》に勝《か》ったことは将軍様《しょうぐんさま》のメンツもございますから、おおっぴらに自慢《じまん》はできません。まことにくやしいことです。

しかし、おばけ退治《たいじ》ならば「さすがは立花平四郎《たちばなへいしろう》よ」と、立花藩《たちばなはん》の名《な》を、江《え》戸市中《どしちゅう》にひびきわたらせてくれるでしょう。

もちろん、これまでにも武勇自慢《ぶゆうじまん》の豪傑《ごうけつ》たちが「われこそは」と、おばけ退《たい》治《じ》にでかけましたが……。ことごとく青《あお》ざめた顔《かお》で、ねこんでしまいました。

伊達藩《だてはん》の阿部《あべ》のなにがし。
水戸藩《みとはん》の梅田《うめだ》なにがし。
薩摩藩《さつまはん》の中条《なかじょう》なにがし。
土佐藩《とさはん》の……。
どの殿《との》さまもだまりこんでおられますが……。

立花平四郎《たちばなへいしろう》が、おばけ退治《たいじ》する。

このことはすぐにおばけどもにも、つたわりました。お屋敷《やしき》の天井《てんじょう》をはっていたアシダカグモからネズミへ。ネズミからイタチへ。イタチからタヌキへ。タヌキから猫又《ねこまた》へと。

猫又《ねこまた》というのは尾《お》が二つにわかれているばけ猫《ねこ》でございます。年老《としお》いた猫又《ねこまた》は人《ひと》をも食《く》うとか。人肉《じんにく》は若返《わかがえ》りのお薬《くすり》になるのでしょうか。

「にゃ〜ご。よくもほざきおって。われらおばけがいかにおそろしいものか、目《め》にもの見《み》せてやるわい、平四郎《へいしろう》め」

どのおばけどもより真《ま》っ先《さき》に、平四郎《へいしろう》にいどんだのがこの猫又《ねこまた》でありました。

花《はな》のお江戸《えど》も、草木《くさき》も眠《ねむ》る丑三《うしみ》つ時《どき》（午前《ごぜん》二時《じ》ころ）ともなれば、いかに、にぎわい町《まち》とはやされる呉服町《ごふくちょう》も、だれひとり通《とお》りません。そのねしずまった夜《よる》の町《まち》を、まるで酒《さけ》にでも酔《よ》うたように、平四郎《へいしろう》はふらりふらりと歩《ある》いていました。いや、鼻歌《はなうた》などもうたいながら。

おばけ　おばけと～
ばけもに～　おをつけて～
おなら　おしっこ
おからの　なかま～

「よ、よくも、われらおばけ一族《ぞく》を、くそみそにそしりおって。へのなかまとはなにごとじゃ。にゃ～ご」
猫又《ねこまた》は、屋根《やね》の上《うえ》からひらりと、平四郎《へいしろう》の前《まえ》にとびおりました。
が、平四郎《へいしろう》はちっともおどろかないばかりか、柳川弁《やながわべん》でのんびりと猫又《ねこまた》をむかえました。

「あんたがきなさるとば、ずーっとまっとったとたい。よう、きてくれたね。うれしかぁ」

猫又《ねこまた》は、くにゃっと足《あし》がよろけました。

「な、なんば、いうとか！　うちは、猫又《ねこまた》ぞ！　こわかろが！」

「ぜん、ぜん」

「そんなこつがあるか！　うちはばけ猫《ねこ》ぞ。えすか、ばけ猫《ねこ》ぞ」

猫又《ねこまた》は、耳《みみ》までさけた真《ま》っ赤《か》な口《くち》でわめきました。「えすか」というのは、筑後柳川弁《ちくごやながわべん》で「こわい」ということです。

それにしても猫又《ねこまた》はどうして筑後弁《ちくごべん》をしゃべったのでしょうか。

これぞ平四郎《へいしろう》の秘剣春《ひけんはる》がすみ・その一の極意《ごくい》でした。

押《お》されれば、押《お》されるままに。引《ひ》かれれば、引《ひ》かれるままに。相手《あいて》にさから

わないのが春《はる》がすみ・その一でございました。

猫又《ねこまた》が「にゃ〜ご」と押《お》してきたときに、平四郎《へいしろう》はふんにゃりと〈気《き》〉を引《ひ》いたのであります。それがやわらか〜な筑後弁《ちくごべん》でした。

「あんたがきなさるとば、ずーっとまっとったとたい」

よろっ。猫又《ねこまた》は平四郎《へいしろう》が引《ひ》いたふところに、まんまとのみこまれていました。

平四郎《へいしろう》は、春《はる》がすみ・その二をそろりとくりだしました。押《お》しもどしです。

あくまでも気《き》づかれぬようにやわやわとくりださなければなりません。

「あんた、たまには化粧《けしょう》せんね。いくら婆《ばあ》さんでも、男《おとこ》のにげだすばい」

「やかましかっ！」

猫又《ねこまた》が後足《あとあし》で地《ち》をけりました。平四郎《へいしろう》ののどを目《め》がけて。

「ぎえーっ」

ひめいを上《あ》げてころがったのは猫又《ねこまた》のほうでした。

二又《ふたまた》のしっぽが、つけ根《ね》からすっぱりと切《き》り落《お》とされています。

「これは、おれがもらうばい。よかろ」

のたうちつづけるばけ猫《ねこ》に、平四郎《へいしろう》は獲物《えもの》のしっぽをにこにことふりかざしました。

それにしても平四郎《へいしろう》はいつのまに刀《かたな》をぬいていたのでしょうか。いや、ぬいた刀《かたな》をいつ鞘《さや》におさめたのでしょうか。猫又《ねこまた》は地《ち》をけった自分《じぶん》の腹《はら》の下《した》を、平《へい》四郎《しろう》がくぐっていったことさえ気《き》がつきませんでした。

「あっぱれじゃ、平四郎《へいしろう》」

ほうびの扇子《せんす》をあたえながら、殿様《とのさま》は平四郎《へいしろう》ににやりとわらいました。

「そのしっぽ、米問屋《こめどんや》に売《う》ってまいれ。売《う》った金《かね》は、そちのものじゃ」

「……米問屋《こめどんや》に？　このしっぽを？」

意味《いみ》のわからぬ平四郎《へいしろう》は、小首《こくび》をかしげました。

「わからぬようだな、平四郎《へいしろう》」

「はい、わたくしには……」

「さすがの剣豪《けんごう》も、世間《せけん》のことは知《し》らぬということか。米問屋《こめどんや》が、いちばんきらいなのはネズミじゃ。倉《くら》にある大切《たいせつ》な米《こめ》を食《く》うてしまう。そこにばけ猫《ねこ》のしっぽをぶらさげておけば」

「わかりました」

米問屋《こめどんや》は、猫又《ねこまた》のしっぽを百両《りょう》で買《か》ってくれたそうです。


つぎの夜《よる》。平四郎《へいしろう》にいどんできたのは三つ首《くび》の大蛇《だいじゃ》、首三《くびみ》つでした。わかい娘《むすめ》ばかり千人《にん》ものみこんだという、おばけ大蛇《だいじゃ》です。

「うぬが、平四郎《へいしろう》か。わしは猫又《ねこまた》のようにはいかんぞ。この六つの目《め》がおまえをにらみつけて、ぜったいに見《み》のがしはせん」

「ふーん、そぎゃんね。二つの目《め》よりは、六つの目《め》というわけかね。よかたい、どこからでもかかってこんね。むだ目《め》ちゃん」

「ぬ、ぬ、ぬ、ぬ、ぬ。ぬかしおったな、この柳川《やながわ》の田《た》んぼ侍《ざむらい》めが！」

三《み》つ首《くび》は、ぎらんぎらんと光《ひか》る六つの目《め》で、平四郎《へいしろう》をにらみつけました。

その平四郎《へいしろう》はといえば……。

敵《てき》をはったとにらみかえすどころか、おぼろ月《づき》よりもぼんやりした目《め》で、三《み》つ首《くび》を見《み》ています。

右手《みぎて》の剣《けん》もだらりと下《さ》げたまま、口《くち》もともまことにしまりがありません。

いいえ、夜風《よかぜ》にふかれる柳《やなぎ》よりもたよりなく、体《からだ》がよろっと右《みぎ》へかたむきました。

六つの目《め》が見《み》のがすはずはありません。するどい牙《きば》をむきおそいかかってきました。

「ぎゃーっ」

ひめいが闇《やみ》を切《き》りさきました。

三つの長《なが》い首《くび》が三方《さんぽう》にとび、地《じ》べたでのたうっています。

「うるさかね。いつまでも、ぎゃぎゃぎゃと。娘《むすめ》ばかり食《く》うた罪《つみ》たい。あの世《よ》では、ばあさまの肩《かた》ばもんこんね」

手《て》のない大蛇《だいじゃ》に無理《むり》なことを。


つぎの夜《よる》は……。

大河童《おおがっぱ》どろみの皿《さら》を、やすやすとみやげにいただいて帰《かえ》ってきました。

三日《か》たてつづけの負《ま》け勝負《しょうぶ》に、さすがのおばけたちもひっそりと鳴《な》りをひそめました。

おかげで江戸《えど》の夜《よる》は、またにぎやかに三味線《しゃみせん》の音《おと》がひびいています。

「日本《にほん》一の剣術使《けんじゅつつか》いよ」

「塚原朴伝《つかはらぼくでん》も顔《かお》かくしか」

「宮本武蔵《みやもとむさし》も、かなわんかもしれん」

「むろん、もちろん、あたぼうよ」

「立花《たちばな》さまは、いいご家来《けらい》をおもちだ」

江戸《えど》っ子《こ》は寄《よ》るとさわると、平四郎《へいしろう》のうわさです。立花藩《たちばなはん》の殿《との》さまがうれしくないはずはありません。

「平四郎《へいしろう》を、よべ。平四郎《へいしろう》を」

かしこまっている平四郎《へいしろう》に、殿《との》さまがいわれました。

「典大《てんだい》の娘《むすめ》しずとは、うまくいっておるかな」

典大《てんだい》というのは、殿《との》さまのお脈《みゃく》もみる藩医《はんい》関典大《せきてんだい》さまです。

「そ、それは……」

平四郎《へいしろう》は思《おも》わずあとずさり、顔《かお》をふせました。ふせた顔《かお》が夕焼《ゆうや》けよりもまっ赤《か》になっています。

「やはり、そうであったか。おたがいに好《す》きおうてるようじゃのう。わかった。わしがひとはだ脱《ぬ》ごう。あの頑固《がんこ》おやじさまを口説《くど》けるのは、わしくらいだろうからな」

殿《との》さまは、まかせておけとひざをたたきました。医者《いしゃ》の関典大《せきてんだい》は、刀《かたな》や剣術《けんじゅつ》使《つか》いが大《だい》きらいでした。

「人《ひと》の命《いのち》を断《た》つのを、自慢《じまん》するなぞ、馬鹿者《ばかもの》どもじゃ！」

医《い》は、どこまでも人《ひと》の命《いのち》をすくうのが仕事《しごと》です。

「ところで、平四郎《へいしろう》」

「はい」

平四郎《へいしろう》はやっと顔《かお》を上《あ》げました。

「おまえの剣法《けんぽう》だが、あれはなんだ」

「なんだともうされますと……？」

「とぼけるではない。あのすきだらけの、だらりと下《さ》げている剣《けん》のかまえのことじゃ。目《め》もぼんやりとして、敵《てき》を見《み》ているのか、見《み》ておらんのか、ようわからん」

「見《み》ております」

「あの目《め》でか？」

「はい。ただ、見《み》るともなく見《み》ております。

おおかたの剣術使《けんじゅつつか》いは、敵《てき》をうちたおしてやるとばかりに、相手《あいて》をにらみつけています。しかし、これでは自分《じぶん》の目《め》がこわばりましょう。つまり、相手《あいて》の目《め》につかまったのとおなじでございます。

しかし、ぼんやりと見《み》るともなく見《み》ておりますと、わが目《め》はいつも自由《じゆう》でございます。相手《あいて》の目《め》にしばられるということがございません」

「ふーん、そういうものかのう。では、あのぶらさげたような剣《けん》はなんじゃ」

「はい、わたしは剣《けん》を使《つか》わないからです」

「使《つか》わぬと？　じゃ、猫又《ねこまた》のしっぽはなんで切《き》り落《お》とした」

「こちらの剣《けん》でございます」

「ならば、使《つか》っておるではないか」

「いいえ、わたしが使《つか》ったのではありません。剣《けん》が勝手《かって》にうごいてくれたのです」

「剣《けん》が勝手《かって》に？」

「はい。相手《あいて》の目《め》をにらみかえすのではなく、心《こころ》おだやかに見《み》ておりますと、相手《あいて》が手足《てあし》をうごかすよりも前《まえ》に、その気《き》が目《め》にでてくるのが見《み》えます」

「……気《き》？」

「そうです。手足《てあし》をうごかしたいという気《き》もちが、手《て》をうごかすよりも前《まえ》に、心《こころ》のうごきとして、先《さき》に目《め》にでてくるのでございます」

「それで？」

殿《との》さまは、ぐいと膝《ひざ》をのりだされました。

「その気《き》に、わたしの体《からだ》と剣《けん》が勝手《かって》にうごいてくれるのです。ですから、わたしが剣《けん》をかたくにぎりしめておりますと……」

「わかったぞ、平四郎《へいしろう》。目《め》にでた気《き》を読《よ》みとる。さすがじゃ」

殿《との》さまは大《おお》きくうなずかれました。

柳川《やながわ》に名君《めいくん》ありといわれているお方《かた》です。のみこみが、はようございます。

かたくにぎりしめた剣《けん》では、いくら先《さき》に気《き》を読《よ》んでも、太刀《たち》さばきにおくれがでることでしょう。

「よほど山野《さんや》をかけこんだようだな、平四郎《へいしろう》」

「いささか」

「いささかか。はははは」

殿《との》さまは豪快《ごうかい》にわらわれました。体《からだ》が勝手《かって》にうごいてくれるというのも、きたえた体《からだ》あればこそにちがいありません。

ただ、相手《あいて》の目《め》を心《こころ》おだやかに見《み》ているだけで、剣《けん》と体《からだ》が勝手《かって》にうごいてくれる。

これぞ秘剣春《ひけんはる》がすみの極意《ごくい》でした。

おばけどもは、しょんぼりとうつむいていました。

馬《うま》よりも大《おお》きなガシャドクロも、かたとも音《おと》を立《た》てません。じっと膝《ひざ》に手《て》をおいたままです。

鬼《おに》の目《め》にも涙《なみだ》ともうしますが、骸骨《がいこつ》にも涙《なみだ》。ガシャドクロの目《め》から涙《なみだ》がひとしずく、畳《たたみ》に落《お》ちました。

「ええいっ、なさけないわ。だれかおらんのか。平四郎《へいしろう》をやっつけられる者《もの》は！」

長老《ちょうろう》の小豆洗《あずきあら》いが、じろりとものどもを見《み》まわしました。だれひとり顔《かお》を上《あ》げません。

赤鬼《あかおに》までちくちくと爪《つめ》をかんでいます。

「一《ひと》つ目《め》、おまえじゃどうだ」

「わ、わたしでございますか？」

「そうだ、おまえだ」

「わたしは、あきまへん。このごろ、たった一つのこの目《め》が、ぼーとかすんでおりまして……。ワレ思《おも》うに白内障《はくないしょう》でないでしょうか」

「きえちまえ！」

小豆洗《あずきあら》いの手《て》から、盃《さかずき》がとびました。

「三《み》つ目《め》、おまえならどうじゃ」

「……」

「いくのか、いかんのか」

「………」

三《み》つ目《め》はうつむいたまま首《くび》を横《よこ》にふるだけです。いくとも、いかないともいいません。

「それだけじゃわからん。なんとかいえ」

「おそれながら申《もう》し上《あ》げます」

三《み》つ目《め》はうやうやしく顔《かお》を上《あ》げました。

「にっくき立花平四郎《たちばなへいしろう》を、こらしめたき気《き》もちは山《やま》やまなれど……」

「山《やま》やまなれど、なんじゃ?」

「申《もう》し上《あ》げるまでもなく、この三《み》つ目《め》は、それぞれが光《ひかり》の三原色《げんしょく》を感《かん》じております。いちばん上《うえ》が赤《あか》の光《ひかり》。右《みぎ》の目《め》が緑《みどり》の光《ひかり》。左《ひだり》の目《め》が青《あお》の光《ひかり》」

「おまえは、信号機《しんごうき》か?」

「いいえ、光《ひかり》の三原色《げんしょく》はワトソンでございます」

妖怪《ようかい》どもも、なかなか学《がく》があるようです。

「それが、どうした?」

「どうしたと、あなたはおききになるのですか」

「そうだ」

「ちかごろ、進《すす》めの色《いろ》はこわれ、止《と》まれの赤色《あかいろ》のみがしっかりしていますが」

小豆洗《あずきあら》いの手《て》から、メザシがとびました。

いうまでもなく、百目《ひゃくめ》も役《やく》に立《た》ちませんでした。

「百目《ひゃくめ》、おまえがいってこい！」

と、小豆洗《あずきあら》いが命令《めいれい》したとたん、百目全部《ひゃくめぜんぶ》を白目《しろめ》にして気《き》をうしないました。

そのとき、席《せき》をとびだしていったおばけがおりました。だれからも相手《あいて》にされないあわてんぼうです。

がらがら、どしん、がっつーん。

「あの、あわてんぼうが。また、ぶつかりやがって」

小豆洗《あずきあら》いは、にがにがしく舌《した》うちしました。


目《め》を覚《さ》ました平四郎《へいしろう》の枕《まくら》もとに、白《しろ》いものがおいてありました。

挑戦状《ちょうせんじょう》です。

暗《くら》やみででも書《か》いたのでしょうか。まことにへたくそな文字《もじ》でした。

こよい　うしみつどき　おいでを　おまち　しておる
くびを　あらって　まいられよ
おばけより

首《くび》を洗《あら》ってというのは、お命《いのち》ちょうだいということです。

「よかろう」

平四郎《へいしろう》は、刀《かたな》のかわりに木刀《ぼくとう》を腰《こし》にぶっこみ、夜《よる》の町《まち》へでかけました。これまでにいくどとなくおばけ退治《たいじ》している、呉服町《ごふくちょう》です。

「刀《かたな》を使《つか》うまでもあるまい」

へたくそな文字《もじ》に、平四郎《へいしろう》はどこかまぬけたおばけを思《おも》いうかべ、口《くち》もとをほころばせました。

ひさびさに鼻歌《はなうた》もでてまいります。

おばけ　おばけと〜
ばけもに〜　おをつけて〜
おなら　おしっこ
おからの　なかま〜

夜明《よあ》けの呉服町《ごふくちょう》は、黒山《くろやま》の人《ひと》だかりでした。

腰《こし》をぬかした平四郎《へいしろう》が、柳《やなぎ》にしがみつきぶるぶるふるえていたからです。足《あし》もとの土《つち》が黒《くろ》くぬれているのは、おしっこをちびったからでしょう。

「な、な、なかった」

青《あお》ざめた平四郎《へいしろう》は、うわごとのようにそればかりくりかえしていました。

「あの平四郎《へいしろう》さまが……。よほどおそろしいものにであわれたにちがいない」

江戸《えど》っ子《こ》も、ぶるっと襟《えり》をあわせました。

その平四郎《へいしろう》のすがたが、江戸《えど》の町《まち》からぷっつりと消《き》えたのは、まもなくのことでございました。柳川《やながわ》へ帰《かえ》ったといううわさもありません。

時《とき》はまたたくまにながれて、三十年《ねん》。

江戸《えど》より遠《とお》くはなれた津軽《つがる》（青森県《あおもりけん》）で、古賀《こが》なにがしという町医者《まちいしゃ》が、しずという女房《にょうぼう》に、こうもらして亡《な》くなったそうです。

「のっぺら……だった」

目《め》のないおばけでは、秘剣春《ひけんはる》がすみも役《やく》に立《た》たなかったのでございましょう。

●著者プロフィール●

藤 真知子（ふじ まちこ）

東京都生まれ。作品に「まじょ子」シリーズ、「チビまじょチャミー」シリーズ、「わたしのママは魔女」シリーズなど。

河野睦美（かわの むつみ）

千葉県生まれ。第４回小学館「おひさま大賞」大賞受賞。作品に「シロとクロ」（『４歳のお気に入り絵本集』所収）など。

服部千春（はっとり ちはる）

京都府生まれ。作品に「トキメキ♥図書館」シリーズ、『たまたま、たまちゃん』、『さらば、シッコザウルス』など。

ライスたけお（らいす たけお）

大阪府生まれ。コピーライター。舞台やラジオドラマの脚本演出も手がける。本作が児童文学初作品。

内田麟太郎（うちだ りんたろう）

福岡県生まれ。作品に、絵本『うそつきのつき』（小学館児童出版文化賞受賞）、詩集『まぜごはん』など。

ぞくぞく☆びっくり箱①

あわてんぼオバケ　5つのお話

2014年5月　初版第1刷発行
2019年7月　　　第4刷発行

編　者　日本児童文学者協会
発行者　水谷泰三
発　行　株式会社文溪堂
〒112-8635　東京都文京区大塚3-16-12
TEL (03) 5976-1515（営業）(03) 5976-1511（編集）
ホームページ　http://www.bunkei.co.jp
印刷・製本　図書印刷株式会社

カバー・本文デザイン　DOMDOM

ISBN978-4-7999-0081-9 NDC913 148P 188×128mm
落丁本・乱丁本はおとりかえいたします。定価はカバーに表示してあります。

ぞくぞく
びっくり箱

ぞくぞく びっくり箱

日本児童文学者協会・編　全5巻

1 あわてんぼオバケ 5つのお話

あわてんぼうおばけの初恋のあいては？　あわてて乗ったバスで着いた先は？　あわてんぼなのは、おどかすオバケのほう？　それとも、おどかされるほう？　ドタバタ楽しい5つのお話。

2 こわ〜いオバケ 5つのお話

「こわ〜いおばけ」にも、こわいものがある？　捨てたはずの「箱」が復讐にやってくる……。遊園地の巨大な迷路、最初は楽しかったのに……。ちょっぴり？　とっても？　「こわい」5つのお話。

3 なきむしオバケ 5つのお話

えっ、おばけが、なきすぎて動けない？　おばけのフワリは、いつも「ねぼう」して人間をおどかす時間に起きられない……。おばけがなくのは、どんなとき？　なきむしおばけが活躍5つのお話。

4 おこりんぼオバケ 5つのお話

「一日おばけ」になったおばあさんがであったおこりんぼおばけの正体は？　やさしい先生が最近よくおこる、これは、おばけのしわざ？　いろんなおこりんぼおばけがいっぱい、5つのお話。

5 わらうオバケ　5つのお話

るすばん中にやってきたにこにこ顔の女の子は、だれ？　いじわるされた、やり返したい…そんなときこそ、おばけの出番？　おばけがわらうとなにが起こる？　わらうおばけが活躍5つのお話。

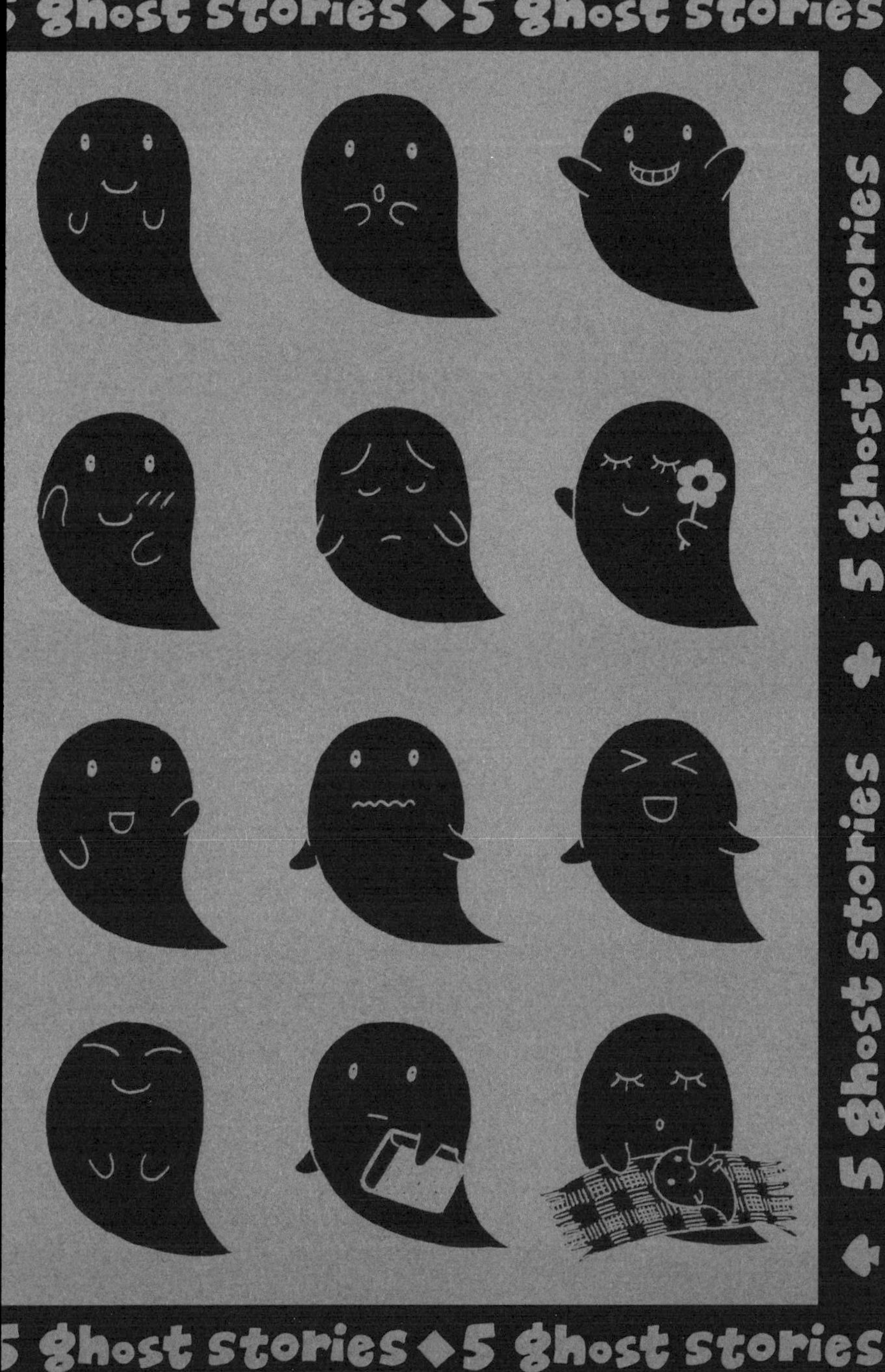
5 ghost stories ◆ 5 ghost stories
5 ghost stories ◆ 5 ghost stories
5 ghost stories ◆ 5 ghost stories